Lena Whooo

~~un~~-fulfilled

Lyrik und Kurzgeschichten über Identität,
die Freiheit und das Leben

novum pro

www.novumverlag.com

Bibliografische Information
der Deutschen Nationalbibliothek:

Die Deutsche Nationalbibliothek
verzeichnet diese Publikation in
der Deutschen Nationalbibliografie.
Detaillierte bibliografische Daten
sind im Internet über
http://www.d-nb.de abrufbar.

Alle Rechte der Verbreitung,
auch durch Film, Funk und Fernsehen,
fotomechanische Wiedergabe,
Tonträger, elektronische Datenträger
und auszugsweisen Nachdruck,
sind vorbehalten

Gedruckt in der Europäischen Union
auf umweltfreundlichem, chlor- und
säurefrei gebleichtem Papier.

© 2022 novum Verlag

ISBN 978-3-99131-059-4
Lektorat: Leon Haußmann und
Lena Whooo
Umschlagfoto: Crysodenkirk,
Fenix84 | Dreamstime.com,
Lena Whooo
Umschlaggestaltung, Layout & Satz:
novum Verlag
Innenabbildungen: Lena Whooo
Autorenfoto: Yero Adugna Eticha

www.novumverlag.com

Dieses Projekt wurde gefördert von der Corona Soforthilfe des Bundes und der NRW-Soforthilfe 2020.

This book is dedicated to the dearest mother and
grandmother of mine, who both suffered from giving up
their own dreams for the sake of their children.
Just so we could find ours – thank you!
Without you, none of this would exist.

Which is why I'm also dedicating this to myself …
To my younger me, whooo wished to pick up a book
not just written by a black, female, german author,
but also specifically a book with a name on it,
that I chose and represented me.

Inhaltsverzeichnis

Vorwort 13

Prosa & Kurzgeschichten 17
   Anfang 19
   Fortsetzten 24
   Was Meins ist, ist deins 26
   Krise oder Katastrophe 35
   Über die Soli- zur Subsidiarität 48
   Ich heil mich für dich 52
   Wie Motten sind wir 54
   Schubdenken im Laden 56
   Schwer und lose 60
   Ein Fundament 69
   Belanglose Bahnfahrt 71
   A wise man's tale 79
   Years 84
   Wenn aus Kerzen Sonnen werden 86
   FUK QLC 88
   … damit nicht umgehen können 90
   ESE's TOTD 94
   Tiefseeäen 97
   Rückkehr zu den Tiefseeäen 99
   Tiefseeäböden 106
   Tiefseeämonster 111
   Nord- und Südseeäwind 115

Gedichte & lyrische Reflexionen 123
   Wanzen tanzen nicht 125
   Ganz im Moment; so 127
   Über Muster 129
   adaptierte #Solidarität 130
   Analy- und Inter- 136
   Un – Berechen – Barkeit 139

Zu viel	141
Wege gehen	144
Ich heil' mich für dich	147
Gemüsegedanken	149
Diskussionsgesellschaft	150
Wie Motten sind wir	152
Offices & Homes – and about neither –	153
Zombies	155
TEENAGER	156
Weil's verboten ist	159
New Years over Raleigh	160
Verhältnisse	163
Closed Doors	164
Nights – Sleepless ones	166
Genesis	168
Greater than three	169
High on that DMN	170
Dumm oder Dämlich?!	172
Unfinished Remains	174
A Night Out in Korçë	175
Note to self:	177
Year of the Fox	178
Alone Together	179
Senses	181
About shooting stars	183
With kindness	185
Listen	187
A day after December 26th	188
Patok Lagoon oder: for rainy days	189
Luft holen; Atmen	190
Was niemand hören will	191
Stilbruch	194
Day by the beach (2. October 2019)	196
Thoughts about a well-known Song	198
Early Hours	199
Pimpkey	200

Nachtarbeiter*innen 202
Shooting Holly 203
There & Back 204
Golden Milk 206
Okay 207
Dinnerpartyguests 210
Holla 212
MODE 213
Tribute to Jackie Brown 214
Treeshades of shame 215
Refresh-Button 217
Overdue 218
Flashback 219
About gifts being gifted 220
Harlem's Song 222
Sato's Song 224
Tell me 227
Jenga 229
Tarot 230
Ein Vorschlag 231
Literadingspreis 233
Beenden 234

Danksagung 236

Vorwort

Wow, es ist so weit. Du hältst mein Buch (oder doch mein E-Book?!) in der Hand, willst es lesen! Dafür möchte ich dir danken! Also danke ich dir, dass du deiner Neugierde, deinem Interesse oder vielleicht auch einfach dem Zufall gefolgt bist, um dir einen Eindruck von dieser Ansammlung von Poesie, Prosa und Zeichnungen zu verschaffen.

Damit du weißt, worauf du dich einlässt, hier ein kleiner Disclaimer: „Ich, als weibliche, Schwarze, (afro)deutsche Künstlerin und Autorin mache hier von meiner Meinungsfreiheit Gebrauch und formuliere, wie ich es für ästhetisch und sinngemäß – ich spreche nicht von richtig – halte." In Ordnung, das ist raus. Nun brauchst du vielleicht noch etwas Kontext; sowas wie entstehungsgeschichtliche Hintergründe, richtig?

Okay: Dieses Buch ist in einer Gesamtzeit von ungefähr fünf Jahren entstanden. In diesem Zeitabschnitt habe ich mich als Mensch besser kennenlernen dürfen, mich als Künstlerin entdecken und definieren können. Dazu zählt eben auch, mich als Autorin sprachlich und literarisch gefunden zu haben. Drum finden sich hier Texte aus eingebrannten Momenten, reflektierten Erlebnissen und mal mehr und mal weniger abstrakte Überlegungen zur Diskrepanz zwischen Zufriedenheit und Unzufriedenheit wieder. Merkwürdigerweise habe ich in der gesamten Zeit dieses Buch schon greifen, ja fast vor mir sehen können. Ich hab' es visualisieren, fast spüren, im Endeffekt manifestieren, also mir ins „Leben denken" können. Dabei habe ich über eine Publikation meiner Texte in Form eines Buches erst mit Eintreffen der Pandemie in Deutschland im Covid-Jahr 2020 das erste Mal aktiv nachgedacht. Trotzdem spreche ich hier von einem schon immer dagewesenen Traum, welchen ich mir erfüllen musste – im Bücherregal ein Buch mit meinem Namen; enthalten darin meine Beobachtungen und verworrene Lebensphilosophien. Auf jeden Fall nichts zu Definites; das ist nicht meine Art; sich festzulegen.

Darum sind einige Texte als Schauspielstipendiatin in den USA, als DaF-Lehrerin in Vietnam oder als reisesüchtige Abenteurerin in Ländern wie Marokko, Albanien, Israel und Jordanien entstanden. Andere entspringen dem wiederkehrenden Trott des ostwestfälisch-deutschen Alltags als Bielefelderin. Demzufolge finden sich hier unterschiedliche Einflüsse, Themen, teilweise sogar Sprachen wieder. Einige Texte sind komplett oder nur teilweise in Englisch geschrieben. Aber fürchte dich nicht; andere Einflüsse, Perspektiven und Sprachen haben noch niemandem geschadet.

Was im Zuge dieser angesammelten Texte zunächst thematisch zusammenhanglos erscheinen mag, zieht sich alsbald wie ein roter Faden aus dem guten deutschen Eintopf. In diesen vergangenen Jahren war ich selbst im ständigen Hin und Her, habe aber auch Freunde und Familie dieselben Kämpfe kämpfen und dieselbe Schwere in ihrem Leben mit sich herumtragen sehen. Sie waren wie ich: ständig stetig oder stets im Stress. Rastlos rastend. Glücklich oder unglücklich? Zufrieden oder doch eher unzufrieden? Verweilend in bangloser Stagnation?!

Drum fragte ich – frage ich mich noch immer: birgt nicht alles eine Ambivalenz aus gut und schlecht? Was ist es, dass uns bei einem solch vermeintlich hohen, gesellschaftlichen Lebens- und Bildungsstandard dazu verleitet, doch mehr am Negativen des Lebens festzuhalten? Ahnen tun wir eines: dass wir kollektiv versuchen unsere Missstände wegzukonsumieren – vergeblich.

Bingewatching auf Streamingplattformen, Dauershopping auf Amazon, Kiffen, Saufen und Vögeln ohne selbstgesetzte Grenzen. Übervölle im Überfluss und doch hängt uns die Fresse bis zum Boden. Kaum ein Grinsen auf den Straßen; ein unhöfliches „Tach" – wenn's hochkommt.

Was also stimmt mich, was stimmt dich und was stimmt uns als Gesellschaft endlich zufrieden – was nur?! Warum fällt es nur so verdammt schwer, uns auf das Positive zu besinnen, ganz ohne *Toxic Positivity*?

Nächste Frage: warum jetzt dieses Buch? Weil ich diese Texte mit euch teilen möchte, um den obigen Fragen auf den Grund zu gehen. Weil meine Poesie und Prosa – wie eigentlich alles, was auf die Sinne eintreffen und diese vereinnahmen kann – dann aufgrund neuer Impulse die Möglichkeit hat, Menschen zu bereichern. Vielleicht aber auch nur, um selbst mal wieder Zufriedenheit zu verspüren.

Ich möchte aber auch das Potential nutzen, dass den Künsten inne liegt.

Für mich ist klar; ihr entscheidet, was ihr lest. Ihr entscheidet, wozu euch ein Text dienlich ist. Egal, ob bewusst oder unbewusst. Eure Rezeption wird maximal von den hiesigen Worten beeinflusst – naja oder du kennst mich persönlich.

Merkt euch also, dass *un-fullfilled* einzig den Anstoß geben will, Beständiges zu hinterfragen, Lebendiges zu feiern, Stilles zu genießen und Philosophisches kennen zu lernen. Einige Texte sind deswegen roh und rau, wie steinige Klippen an der Küste Essaouiras und andere sind weich, wie aufgelockerter, weißer Sand im paradiesischen Unawatuna. Es gibt Gedichte, die vorm Urteilen mahnen und dann welche, die sich ans Urteilen wagen. Außerdem sind manche Geschichten froh, manche traurig und manche neutral. Aber so ist das Leben; ekstatisch und statisch zugleich.

Dieses Buch will also einzig von euch gelesen, gar verschlungen werden – nicht einmal verstanden. Denn was gibt es schon zu verstehen? Haben wir nicht bereits verstanden, dass unser Verstand von Mensch zu Mensch anders versteht?!

Niedergeschriebene Worte meines Verstandes und dessen emotionaler Realität werden von euch auseinandergezerrt und neu zusammengefügt. Voila – es wurde reflektiert. Einsam und doch gemeinsam haben wir uns gedanklich mit den gleichen Buchstaben, Worten, gar Sachverhalten beschäftigt. Doch verschiedenste Erkenntnisse und Meinungen sprießen aus verschiedensten Böden.

Lasst uns so den Stein ins Rollen bringen und gemeinsam nach den Gründen unserer verhältnismäßig luxuriösen und unglaublich privilegierten Unzufriedenheit suchen. Oder lasst uns „einfach" sofort glücklicher werden. Grins dich an. Lach in dich hinein – jetzt. Sieh die Dinge mal anders. Um mehr geht es nicht.

Und nun wünsche ich dir viel Spaß, genauso viel Liebe und noch mehr spannende, inspirierende und hoffentlich sogar lebensverändernde Momente.

Hiermit und überall.

#whooomadethis

PROSA
&
KURZGESCHICHTEN

PROSA
&
KURZGESCHICHTEN

Anfang

Am Anfang ist immer der Anfang. Irgendwann muss man ja auch anfangen, es wagen. Es ist hart, also das erste Wort zu schreiben. Wenn es erstmal geschrieben ist, dann steht es dort, starrt einen erwartungsvoll an.

Anfang. Was anfangen?

Schreiben. Das ist heutzutage eine eigentümliche Sache. Etwas ganz Normales, fast Einfaches. Das erste Wort, welches den Auftakt bereiten soll, für das, was kommt. Erste Worte einer Nachricht, welche an die Welt gesendet werden wird. Angsteinflößend scheint die Macht, die auf den Erwartungen eines Begriffes liegt. Entscheidend dabei: wie groß ist der Unterschied zwischen wahrheitsgetreuen oder erdachten Aussagen und der vorigen ausgelösten Assoziation?!

Auch wenn Fragen dieser Art nicht mit der selbstauferlegten Anforderung dieses Anfangs einhergehen, so soll dieser Anfang ja auch nichts weiter als ein Anfang sein. Einer, welcher sich einzig dem literarischen Schöpfungsprozess widmet und einen ersten Einblick in das Ringen um Worte, einen ersten Artikulationsversuch geben soll. Zeitgleich bildet es den Ursprung dieses Werkes, eines Buches, welches jetzt am Anfang noch gar nicht vor mir liegt. Es schwebt in seiner teilweisen Gänze abgespeichert in meinem Kopf herum, bleibt in meiner Seele wimmernd und versteckt sich irgendwo in der hintersten Ecke meines Gefühls.

Der Titel hierfür und der Inhalt steht zwar noch gar nicht fest und ist für dich nun doch schon da. Komische Vorstellung, etwas Non-existentes in der Hand zu halten, etwas durch bloße Vorstellungskraft zu sehen; mein kleines etwa 30-seitiges Notizbuch beispielsweise. Das nämlich sehe ich im Moment des Schreibens dieses Textes – jetzt gerade – vor mir. Noch kenne ich meine mit selbstentworfenem Titelbild abgedruckte und inhaltlich angeordnete Hardcover-Version – wie du sie gerade in der Hand halten müsstest – nicht. Zu diesem Zeitpunkt kenne ich nur meine Ansammlung von Texten. Texten wie diesen.

Denn am Anfang war schließlich erstmal das Wort; warum sollte das beginnende Wort nicht aus lauter Simplizität *Anfang* lauten?! Hält dieser Anfang nicht, was er verspricht; drückt er seinen Ausdruck nicht in seichten Anfängen aus? All das, was hier je in Worten, in Sätzen, Geschichten und Erzählungen zum Vorschein gebracht wird, ist Ausdruck. Sogar in Sachbüchern, indem sie einen Sachverhalt neutral zum Ausdruck bringen, nicht wahr?

Doch denke ich, dass für das Wahrnehmen von Ausdruck allein die mit dem Begriff konnotierten und assoziierten Emotionen – und wie oben schon erwähnt, Erwartungen –, die damit zusammenfallen, zählen. Man will verstanden werden, sich deutlich wie mehrdeutig artikulieren und orientiert sich hierfür zeitglich an poetischen, wissenschaftlichen oder intellektuellen Niveaus. Das dient dem Zweck der vermeintlichen Ernsthaftigkeit und der ach so wichtigen Authentizität. Leider wird denen, welche aber nicht über die Normen dieser Ausdrucksformen verfügen, häufig wenig Gehör geschenkt.

Man versteht nicht, will nicht verstehen; so ist es doch weitestgehend in unserer Gesellschaft. Dann hat man halt Germanistik oder Literaturwissenschaften studiert – das gibt einem noch lang nicht das Recht, gibt einem nicht die Legitimation, sich als Künstlerin, als Autorin den Intellektuellen dieses Landes zuzuwenden und zu hoffen, ein Titel, eine Überschrift, eine Reputation sei relevant genug oder bisherige Erfolge seien gut genug, um ein schriftliches Werk publizieren zu lassen und darauf folgend Stück für Stück auseinanderzunehmen. Satz für Satz, Phrase für Phrase, Wort für Wort. Erst die Analyse, dann die Interpretation. „Was will der Text uns sagen? Was war die Intention der Autorschaft?"

Bei diesem Anfang lässt sich weit vorwegnehmen, dass die Quintessenz – also was mein Text aus sich heraus sagen will – noch in direkter Verbindung zum Ausdruck steht: er will einfach anfangen, sich entfalten und sich transformieren in verschiedene Formen und Diskurse. Kurz: in alles Mögliche, was eine Ansammlung von Texten hergeben zu ermöglicht!

Doch weder dieser, noch die kommenden Texte wollen sich entscheiden. Ich denke an die Frühwerke Anna Oppermanns, an präzise gezeichnete Buntstift-Gemälde von sich in kuriosesten Positionen. Häufig erkennt man ihre Genitalien, eine abstrakte Vagina oder Schamlippen, die ebenso abstrakte, symmetrische Spiegelungen von Reflexionen ihrer eigenen Bilder offenbaren. Eine Pionierin früher feministischer Gedanken – wer hat was beeinflusst? Ihre Kunst die feministische Bewegung oder die feministische Bewegung ihre Kunst? Es ist irrelevant, dies beantworten zu wollen; denn ganz gleich, ob es das Huhn oder das Ei war, welches zuvor dagewesen; in unserer Realität zählt derweil nur die Massentierhaltung unzähliger Hühner und Hähne und das auf der ganzen scheiß Welt … Und selbstverständlich, ob und wie schmackhaft diese unter verschiedenen Umständen sind.

Nun daraus, und aus vielem mehr, ziehe ich die Schlussfolgerung: zeitgenössische Kunst als auch Literatur muss zur Reflexion aufrufen! So scheint es doch weitestgehend. Beobachtet und reflektiert die moderne sowie post- und postpostpost-moderne Kunst sich nicht stetig selbst, überwacht sie nicht ihre Definitionen von Authentizität; oder aber entsagt sich dieser komplett?

Ist Reflexion in der Kunst denn überhaupt noch enthalten, wenn sich ein scheinbar authentisches Eingreifen abzeichnet und zu perfektionieren versucht? Etwas, das zwanghaft starr und sperrig bleibt, einzig aufgrund der stilistischen Authentizität. Daran glaube ich nicht. Das hier, dieser Text ist nicht authentisch. Und doch ist er genau das; dabei spreche ich die Art rauschhafte Entwicklung dieses Anfangs, aber auch die Entwicklung jeden anderen Textes – egal ob Lyrik oder Prosa – an.

„Eines Morgens im grauen, nass-kalten Deutschland entfaltete sich ein Text. Er wollte nicht viel und wendete sich in melancholischer Trauer an niemanden, außer sich selbst. Er spielte sich mit seinen Fingern an den Füßen und suchte dabei zwanghaft nach einer Möglichkeit, sich Gehör zu verschaffen. Mit dem Blick nach oben gewandt, saß er gedankenversunken auf einer Mauer am Rande eines Kanals. Der leichte Nieselregen ließ eine seiner Seiten recht matschig werden. Verzweifelt und doch tatenlos suchte er nach seiner Stimme, suchte er nach Ausdruck; nach einem einfachen Ausdruck, um anzufangen.

So geschah es, dass er einen Stift aus seiner Tasche hervorzog und unsicher mit zittriger Hand die Buchstaben: ‚AN' auf die erste Seite seines Selbst schrieb – bis der darauffolgende Windhauch ihn mit nur einem starken Stoß von der Kanalmauer in das Wasser vor ihn blies."

Manchmal erreicht einen das Ende schneller als man überhaupt anfangen kann.

Fortsetzten

Nun muss Mensch nur noch anschließen an das, was bislang so leicht von der Hand ging; nachdem sich bereits die Inspiration aus dem Leibe geschrieben wurde. Nun, wo es darum geht, einen kausalen Zusammenhang aus den eigenen verworrenen Gedanken zu verknüpfen und in eloquenter, kunstvoller Weise aufeinander folgen zu lassen.

Sobald etwas beginnt, entsteht es, um in irgendeiner Weise auch wieder zu enden. Eine Erzählung ebenso sehr wie jedes einzelne, auf dieser Erde verbrachte Menschenleben.

Es ist ein universales Naturgesetz, das alles, was existent und nicht existent ist, in seine Gesetzmäßigkeiten miteinschließt. Die Mentalität, Materialität und Medialität der Dinge bestimmt jedoch, inwiefern gelebte Leben und erzählte Erzählungen fortgesetzt werden. Ob sich der Kern dieser Dinge letztlich woanders absetzt; ob dieser sich hinfort setzt oder fortsetzt.

Die Mentalität schreit dabei: „Sicher? Sicher, dass es Sinn macht, daran zu arbeiten? Willst du wirklich weitermachen? Setz dich doch draußen in die Sonne und tu nichts." Die Materialität setzt sich dann auf deinen Fuß, sodass kein Schritt weiter gegangen werden kann. Wir wissen's alle: ohne Moos oder Fördermittel ist überhaupt gar nichts los. Nun ja, und die Medialität wird allgemein unterschätzt. Medialität im Sinne der Entstehung eines vermittelnden Elements, einer Sache, für die es sich lohnt, Mentalität und Materialität zu überwinden. Medialität im Sinne von Vielfalt in den Bücherregalen, oder allgemein gesprochen: Sichtbarkeit in Museen, Ausstellungskatalogen, Interviews, Verlagshäusern und unter verschiedensten PreisträgerInnen zu erreichen. Oder Medialität im Sinne von Verbindungen zu übersinnlichen oder spirituellen Verstandestätigkeiten und der Reflexion der eigenen seelischen Beschaffenheit – Medialität im Sinne von Transzendenz auf Erzähleben.

Ich denke aber, noch träume ich nicht ... Zumindest nicht groß genug, doch das ändert sich mit dem heutigen Tag – mit dem jetzigen Text. Denn ich setzte ihn fort; setzte dieses Buch fort; setzte mein Bestreben nach Freiheit – vor allem künstlerischer Freiheit – ungehemmt und ungebremst fort.

Und das, ja, das soll sich fort an fortsetzen!

Was Meins ist, ist deins

Wenn ein Bild gezeichnet, ein Lied komponiert, oder ein Projekt geplant wird, so werden Elemente umstrukturiert, die bereits auf dieser Welt existierende Bestandteile in ihrem Schöpfungsprozess miteinschließen. Bedingt durch das Kontingent, welches irdischen Gesetzmäßigkeiten der Realität folgt.

Bei einer Geburt scheint das anders.

Sicher werden auch hier weltliche Bestandteile zweier völlig verschiedener (es sei denn, es handelt sich um inzestuöse Fortpflanzung) DNAs zu einer akkumuliert und verschmolzen, um etwas Neues daraus entstehen zu lassen. Wie genau jedoch wird die dritte, die a-biologische Dimension dieses Entstehungswunders bezeichnet? Genau der Punkt, an dem zwischen Trieb und Fortpflanzung, zwischen rein körperlichem Akt und einer heiligen Zusammenkunft von Mann und Frau, zwischen der bloßen, sinnlichen Wahrnehmung eines Koitus und dem Phänomen des Eins-seins und Eins-werdens unterschieden werden muss; muss, weil es keine andere Erklärung für die Entstehung eines Individuums, eines einzigartigen Menschen, also eines eigenen kleinen Universums und persönlichen Wunders gibt.

Solche, die sich bei solchen Themen auf die Biologie berufen, wollen die Tiefe einer solchen Frage augenscheinlich nicht begreifen.

Zellteilung – so würden sie argumentieren – sei eine ausreichende Begründung für die Entstehung eines Menschen. Aber ist es das? Ist es wirklich so einfach? Ja – würden sie entgegnen –, schließlich ist und war alles einmal Mikrobe, eine (Ei-)Zelle, ein Spermium. Aber reicht das?

Angenommen, eine Philosophin verträte den Standpunkt, Seelen existierten und befänden sich im Körper des Menschen, so wollte der Biologe beweisen, dass keine seelischen Organe in menschlichen Körpern zu finden seien. Erwiderte dieser Biologe dann einen gegensätzlichen Standpunkt, dass sich eine Seele nicht – weder im Menschen noch in anderen Lebewesen – verorten ließe, so würde die Philosophin entgegnen, dass der Mensch versucht, alles zu erforschen, außer sich selbst und seine ihm gegebene Spiritualität.

Was also ist es, dass uns Menschen zu Menschen oder die Tiere zu Tieren macht, wenn es keine verortbare Seele gibt, wir aber dennoch nicht in der Lage sind, emotionslos und denkleer zu sein? Warum gelingt es dem Homo sapien, komplett neue, einzigartige Wesen, also mehrere Geschwisterkinder, zu erschaffen, wenn doch das genetische Material eines Paares theoretisch dasselbe bleibt? Wieso besitzen die meisten Geschwister keine klonhafte Erscheinung? Woher kommt diese schöpferische Energie? Wo und wann beginnt die Seele im Köper der Mutter zu leben? Oder bringen sowohl Eizelle und Spermatozyt bereits je eine halbe Seele mit, um auch diese durch Zellteilung in eine neue umzuformen? Woran liegt es, dass die natürliche, mütterliche Entstehungskraft eine solche Energie besitzt, dass ein Kind mit eigenem Körper, Geist und eigener Seele hervorgebracht werden kann? Schlussendlich könnten wir noch so erfolgreich Roboter programmieren, um sie miteinander intim werden zu lassen, aber einen neuen, selbstdenkenden, mitfühlenden und reflektierenden Roboter könnte Robotersex wohl kaum hervorbringen – wie gesagt, angenommen, das wäre ein kranker Forschungszweig.

Also noch einmal; woher kommt eine Seele? Woher kommt Leben? Woher kommen wir? Woher kommst du?

So komme ich auf dich – ja, endlich, auf dich zu sprechen. Ich kenne dich so gut, wie ich meine, mich selbst zu kennen, was daran liegt, dass ein jeder Mensch meint, sich selbst besser zu kennen als andere; obwohl das zum größten Teil doch eher unwahrscheinlich wirkt. Schließlich dauert eine harte Läster-Attacke bei den meisten Menschen weitaus länger an, als eine gut durchdachte und durch Selbstfindung motivierte Reflexion. Und dies selbstverständlich ganz unabhängig vom Geschlecht.

Ergo: Analyse- und Beobachtungsskills sind allgemein verwendete Hilfsmittel unserer Spezies, nur in Bezug auf dämliche Dinge im Leben leider völlig nutzlos. Insofern also nur von Vorteil, wenn auf sich selbst gerichtet. Ich will nicht behaupten, mich allzu sehr von der Masse abzuheben, es zählt allenfalls der Versuch. Ich kann nur jenes Beste geben, um aus meinen Fehlern lernen zu können. So kann ich als Zielscheibe für andere dienen, sodass meine Probleme und deren Lösungsansätze von lasergesteuerten Hassblicken der Masse erfasst und losgelassen werden können. Aber darum geht es eigentlich nicht; um mich geht es nicht. Es geht um dich.

Es geht um den Punkt, der dich hat entstehen lassen. Darum, dass mit weiblichem Körper versehene Seelen ins Universum eintauchen um sich Seelenpartikel des genetischen Zufalls genauestens auszuwählen. Sie verirdischen diese Fragmente, nehmen sie in sich auf und schaffen über Monate damit ein *Sein*. Dieses äußert sich durch ein kleines Feuer, ein kleines, schlagendes Herz, welches die Mutter in sich und mit sich trägt, nährt und schließlich ein Menschenkind gebärt.

Hätten die Wissenschaftler*innen und Medien dieser Zeit uns nicht der Magie dieses Wunders der Zusammenkunft von Weiblichem und Männlichem, von Universum und Leben beraubt, so würden wir uns möglicherweise häufiger mit der Entstehung neuer Geschöpfe beschäftigen, als diese beiläufig zu eliminieren und sowohl Mensch als auch Tier anhand ihrer Verwertbarkeit zu beurteilen – währenddessen ein Großteil der Mitläufermasse an der Akzeptanz ihrer eigenen Unterdrückung meißelt. Rückschließend auf die Schöpfungsgabe von menschlichem Leben soll auf den Punkt gebracht werden, dass die Entstehung komplexer Miniatur-Galaxien in Form von Menschenkörpern und -bewusstsein ein jedes Mal als Wunder, als explizite Ausrichtung der weiblichen Schöpfungskraft im Feld der unwiderlegbaren Weite des Universums angesehen werden müsste.

Deshalb sind wir – bist du hier. Weil du ein gewolltes Produkt des Zufalls bist, da sich jedwede Intention eines ausgeführten, sexuellen Aktes der Existenzsicherung (in anderer Terminologie: der Fortpflanzung) und sich somit auch diesem Wunder der Entstehung widmet. Es ist doch schöner zu glauben, du wurdest ausgesucht.

Als deine Mama für einen Moment in den Sternen schwebte, hat sie dich gesehen, du hast sie angestrahlt – in deiner reinsten und pursten Form –, also hat sie dich mitgenommen, dich in sich eingepflanzt, einfach so – weil Liebe alle Dimensionen sprengt und überwindet.

Schon sobald sich dein Mund zu einem Lächeln formt und deine Augen wie Opale glitzern lässt, breitet sich diese universelle Freude aus. Als würden sich ferne Galaxien in dir, in der Tiefe deiner Augen erkennen lassen. Allerfeinster Sternensand.

An dir erkenne ich klar, du gehörst nicht auf diese Welt. Wir gehören auf einen Stern, auf dem die weltlichen Belange keine Rolle spielen. Wir wollen dorthin, wo die Seele sich erfüllen darf und dafür nicht nach irdischen Maßstäben verurteilt wird. Aus diesem Grund ist Distanz eine Thematik für dich und du weißt, es ist eine für mich – ich bin vielleicht in gewissem Teil dafür verantwortlich.

Wenn ein so schönes und vollkommenes Wesen in dein Leben tritt, nicht als Freundin, aber als familiäre Konkurrenz, dann bewahrt man alsdann Abstand von diesem feengleichen Geschöpf. Für eine Siebenjährige ist es beängstigend, festzustellen, dass es mit einem Baby mehr auf sich hat, als nur ein menschlicher Fisch mit Fell zu sein – vor allem wenn diese Siebenjährige zum ersten Mal erkennt, dass dieses Geschwisterchen ihr Leben beeinflussen, verändern und zu einem neuen Leben machen wird. Diese Feststellung bettet sich ganz unbewusst, ganz ohne Wertung, in den Kopf einer Siebenjährigen ein – mit einem Bewusstsein der Verbundenheit jedoch, welches mit kindlicher Naivität nicht zu beschreiben, nicht zu verstehen ist.

Diese tiefe Verbundenheit bewirkt wesentlich eine allumgebende Energie, die jedwede Grenze des Glaubens, der Tat oder der Vorstellung zu sprengen vermag: Liebe.

Geschwister teilen sich weitaus mehr als genetisch ähnlich benanntes Erbgut. Sie teilen die Liebe ihrer Eltern, die Liebe ihrer Eltern zu ihnen und die Liebe füreinander. Doch ungeachtet dessen wird die Liebe, die schöpferische Energie des Universums bei dieser Auflistung hintergangen.

Welch eine Schmach! Ohne die Energie unseres Universums könnte weder irgendeiner eurer lieben Götter dem Adam Leben einhauchen, dem Verstorbenen einen eigenen Harem schenken oder aber Reinkarnation ermöglichen. Wie also würde sich die Liebe zum Leben für uns als göttlich offenbaren, wenn es gar nichts zu inkarnieren, niemanden zu belohnen, keinen Lebenshauch zu vergeben gäbe?

Wie dem auch sei: es geht um deine Liebe! Du bist so voll von ihr, dass es dich traurig macht. Eine Volkskrankheit. Unmöglich? Überhaupt nicht, vielmehr normal für all diejenigen, deren Wesen nicht für unsere Gesellschaft gemacht wurden. Für diejenigen, welche sich dem Scheiß entziehen und in Erfüllung mit sich und jenen, die sie lieben, leben wollen. Das wird uns kaum ermöglicht, egal wie gut unsere Schulbildung, unsere Noten, unser Lebenslauf ist. Es befriedigt den *Homo-Economicus* in uns, nicht aber unsere Verlangen der Seele. Und so etabliert sich letztlich eine Gesellschaft, in der keiner mehr lieben kann, weil keiner wirklich lieben will, da wir einen falschen Eindruck von Liebe vermittelt bekommen.

In unserer Welt gilt: nur das Aussprechen einer dinglichen Liebe wird breit akzeptiert, zwischenmenschliche Liebe, je nach Kultur und (a-)sozialem Umfeld. Letztlich wird das Zeigen von Emotionen jedoch als automatischen Statement für Schwäche gelesen.

„Ich liebe alle Menschen gleich!", fühlen nur Fanatiker und Ökoopfer! – oder? Eben nicht –, ein Vakuum entsteht. Ein Vakuum für alle Menschen, welches sich auf unterschiedlichste Weise ausdrückt. Gleichzeitig ergründet sich darin das eine und selbe Grundproblem, oder eher Kombination an Emotion: *Angst* und *Unterdrückung*. Woraus langfristig eben auch die *Angst vor der Unterdrückung* und die *Unterdrückung von Angst* resultiert.

Wir – wir als Rasse: Mensch – fühlen uns dabei fremd, ekelhaft, fühlen uns, als würden uns Ketten im Herz und Hirn angelegt, sobald wir unsere Emotionen unterdrücken müssen. Wir protestieren innerlich dagegen an, argumentieren und diskutieren, wir weinen und schreien und treten, aber nichts passiert nach außen hin. Wir müssen uns damit abfinden, dass unsere Gesellschaft nur bestimmte Emotionen akzeptiert und somit die restlichen in großem Ausmaß relativiert. Aber so genau können wir Menschen das gar nicht verstehen, nicht in dem Alter, in dem wir bereits gebrochen werden; nicht als Kind.

Trotzdem gelingt es dem System mit Hilfe von institutioneller Unterstützung und fürsorglichen und vorsorgenden Menschen, die dich großziehen, diese unterbewusste Tilgung der Emotionen voranzutreiben und von Generation zu Generation zu eliminieren, sodass nur der berechnende Geist des *Homo-Economicus* bleibt. Wenn schon im Kindesalter auffällt, dass ein Individuum besondere Schwierigkeiten mit dieser Entmenschlichung hat, so wird diesem mittels medikamentöser Eingriffe „geholfen".

Aber was hat das mit dir, mit mir, mit uns zu tun?

Wir durchlaufen dasselbe Prozedere: unsere Emotionen funktionieren nur bedingt. Unproblematisch bis zu dem Punkt, der in anderem Kontext nichts anderes bedeutet als der Standard. Nichts weiter als einen perfekten Start für ein Leben in Stumpfheit. Aber für mich äußert sich dieses Leben in Qual und für dich, bis zu einem gewissen Grad, in Leere – so denke ich.

Dein Vakuum verschlang alles; machte alles zunichte; bis nicht mal mehr du, nicht mal mehr dein Körper, übrigbleiben sollte.

Und ich begann, dich kurzzeitig ungewollt dafür zu missbilligen, wollte dir vorwerfen, dass du dich nicht von diesem Loch hättest absorbieren lassen dürfen. Wollte dir zeigen, dass du doch anders fühlen müsstest, die Dinge nicht all zu sehr an dich heranlässt. Ich wollte dich um jeden Preis hier, um jeden Preis mit uns, bei uns behalten, aber wollte mir nicht eingestehen, dass auch ich meinen Teil zu deinem Vakuum beigetragen hatte. Bekämpfe ich doch ständig mein eigenes, in der Hoffnung, nicht von ihm vernichtet und verschluckt zu werden.

Das ist keine Rechtfertigung, lediglich eine lang aufgeschobene Entschuldigung, die nicht auszusprechen war, weil sie nichts berührt, was bisher je ausgesprochen wurde.

Ich fühlte mich wie eine Seiltänzerin auf dem Meer. Fehl am Platz. Mir war klar, dass wir zwar dieselben Sinnlosigkeiten bekämpfen, nicht aber dieselben Ressourcen teilen würden. In deine Welt konnte ich mich zwar reindenken, nicht aber reinfühlen. Der Versuch überrollte mich in einer Welle des Mitgefühls, nicht aber des Verständnisses. Doch wir lernten beide, zusammen und jeder für sich.

Mir wurde bewusst, es ist normal, nicht jeden Menschen so verstehen zu können wie sich selbst, auch wenn es leicht zu behaupten ist. Vor allem, wenn man zusammen aufwächst, dieselben Dinge, Räume, Erinnerungen und Erlebnisse teilte, dasselbe Essen aß und dieselbe familiäre Liebe erfuhr. Ich akzeptierte, dass ich als Seiltänzerin in den Wogen deines Ozeans zu ertrinken drohte, mich nicht davon abhalten ließ, abhalten durfte, dich so zu lieben, wie ich alle Menschen liebte.

Im Umkehrschluss machtest du Ähnliches in dir durch und gabst dir neuen Mut, das Schwarze Loch an Emotionen zu überwinden. Du merktest, dass es eher verschiedene Töne an Grau zu entdecken und zu verstehen gab.

Das Rausbrechen des eigenen Bewusstseins für die individuelle Gefühlswelt ist eine meist unterbewusste, jedoch effektive Methode, sich seine Welt an Emotionen wieder bewusst zu machen. Die bis dato gesammelten Eindrücke von Fühlendem sind zu revidieren und Ereignisse bekommen durch erlebte Emotionen eine eigene, eine rein verinnerlichte zugeschriebene Bedeutung.

Dies erst bringt Erkenntnis zum Vorschrein und regt potentiell einen Anstieg an Erkenntnisgewinn im eigenen Leben und einzig und allein für das eigene Leben an. Verdichtet man dieses Phänomen zu einem weiteren Gefühl, so würde ich es als *Erlösung* beschreiben. Ein Abschütteln der Last, ein FUCK-IT an alle, die meinen, sie könnten einem sagen, wie man sich zu fühlen habe.

Im selben Atemzug formt und artikuliert sich damit ein Ziel, ein Ziel, das nicht greifbar ist oder sein muss, das sich aber von den anderen, uns bekannten Zielen abhebt. Es trägt bestimmte Emotionen und deren wahre Bedeutungen in und mit sich: *Glücklich, zufrieden, angekommen und zu Hause sein.*

Noch etwas kitschiger beschrieben, würde ich es wie folgt beschreiben: in *Liebe leben.*

So sehe ich dich, so lebst du; immer – auch wenn du an deinen schlechtesten und miesesten Tagen meinst, du wärst ganz allein mit dir und deinen Gefühlen. Du eckst an, weil du voll mit Liebe bist. Du bist unzufrieden, weil du voll mit Liebe bist. Du bist motivationslos, weil du voll mit Liebe bist. Im Gegenzug bist du am Strahlen und am Lachen und am Teilen und voll mit Liebe, weil du ein Kind der Liebe bist. So wie wir alle, bist auch du eigentlich kaum anders, bis auf einen Unterschied: du weißt es, weil du *DU* bist.

Frauen, so schön und aufrichtig, dass sie vor allem noch immer heute von vielen Menschen missverstanden und abgelehnt werden. Von solchen, die sich verboten haben, in Liebe zu leben, weil solche, die das Gegenteil zu tun vermögen und trotzdem lieben, deren Positivität vergiftet. Du wirst für diese Vampire der Knoblauch und das Weihwasser sein. Dein Lachen wird so laut sein, dass sie jeden dieser Anti-Menschen aufschrecken lässt, weil sie vergessen haben, wie echte Freude klingt. Du aber lebst diese Freude, du schwimmst in ihr, du machst aus den tosenden Wellen der Ungewissheit ein ruhig fließendes, kleines Bächlein der eigenen Achtsamkeit.

Wie die anderen dich sehen ist irrelevant. Du bist die Frau, die du in dir siehst – ganz gleich welche Attribute bei deiner Geburt auf anderes hindeuten wollen. Du bist wer du fühlst zu sein. Vertrau dir – bitte!

Schau, wie stark du bist und wieviel stärker du sein wirst! Erwisch dich in einer dieser tsunamiartig aufbauenden Wogenschläge; so gelangst du an die Oberfläche: durchtauchen. Je weiter du ins Meer steuerst, desto mehr entdeckst du an dir, erfährst du von dir und lernst du über dich selbst kennen – das weissage ich dir nicht, das sehe ich dich, sehe ich uns Queens bereits praktizieren.

Du wirst dich selbst meistern und es wird dich unanfechtbar machen. Nicht nur stark in Gedanken und Gefühlen, sondern stark in jeder Argumentation, jeder Diskussion und jeglicher Form von Artikulation.

Ich weiß, du wirst sagen wollen, dass ich übertreibe. Vielleicht flüstert dir eine zweifelnde Stimme ins Ohr, dass ich das Geschwafel sein lassen sollte. Wenn du dir aber selbst zuhörst, ganz aufmerksam in euphorischster Manier, so weißt du es doch längst schon selbst. Mach es zur Realität: manifestiere!

Schließlich werden sich noch viele Dinge ändern und zig Blätter werden noch von den Bäumen fallen, bis ich diese strahlende Sternen-Frau in all ihrem *Sein* umarmen werde; und das ist gut so. Wir brauchen beide Zeit – dafür und für uns.

Doch es gibt Dinge, die wir festhalten wollen, jene, die ewig erhalten bleiben. Dazu gehörst du und dazu gehöre ich – dazu gehört die Liebe und die Galaxien, denen wir entsprangen und die Seelen, die unsere Sternen-Mütter aus dem Dunst funkelnder Seinsbruchstücke in der erhellten Dunkelheit des Kosmos formten – das ist Teil unserer Entstehung.

Alles, was du nicht bist, bin ich und was ich nicht bin, bist du. Trotzdem ist alles, was ich bin, du, und alles, was du bist, ich. Wir sind das Ergebnis der Summe von allem, was ist und nicht ist; der Einheit von allem, was war und sein wird.

Wir sind Eins.

Wir sind Schwestern und wir lieben uns unheimlich.

Krise oder Katastrophe

Müde rieb sich Felicia die Augen. Es war wie so oft seit ein paar Wochen, dass sie an Wochenenden weniger Schlaf bekommen sollte als an ihren ohnehin schon vollen Wochentagen. Im Endeffekt machte ihr das nichts. „Irgendwer muss sich ja opfern ...", sagte sie sich alsbald immer öfter, um sich zu bestätigen, dass sie ihre Entscheidung aus eigenem Willen traf und nicht aus Verzweiflung.

Sie mochte es, dass sie den Mut aufbrachte, sich in ihrem Alter vor die Massen kritischer, alter, weißer, überwiegend heterosexueller Männer zu stellen und ihrem Unverständnis, ihrem Ärger über die aktuellen Zustände Luft machte. Und das trotz ihrer eher kleinen Körpergröße, zarten Stimme und ihrem jungem Alter. Sie war sich ziemlich sicher, dass ihr Publikum von mächtigen und einflussreichen Investor*innen, Politiker*innen und Lobbyist*innen wimmeln würde; wie im letzten Jahr. Der Einfluss von Industrie und Profit auf umwelt-politische Entscheidungen war ohnehin ein Punkt, auf den sie hatte eingehen wollen. Eine in schwarz gekleidete Frau mit Funkkabeln im Ohr kam hektisch auf sie zu.

„Ready?", fragte sie.

Felicia nickte eifrig, streifte sich ein letztes Mal ihre leicht schwitzigen Handoberflächen an ihrer Chino-Hose ab und wartete dann auf ihr Zeichen. Sie hörte bereits Applaus ertönten, als sie der wehrten Hörerschaft vorgestellt wurde. Man hörte ihren Vorredner, wie er sie als junge Felicia O., Mitglied und Aktive für die International Working Group for Indigenous Affairs sowie Survival International anpries und wie daraufhin ein Schwall an Applaus ausbrach. Die Frau in schwarz schob sie behutsam vorwärts in Richtung Bühnenaufgang und schon stand Felicia auf der Bühne der SEC-Arena des 26. UN-Klimagipfels. Die Menge applaudierte, so wild es für den Kontext eines politischen Events angebracht war. Einige Menschen standen sogar, während Felicia die wenigen Schritte zum Pult trat.

Eilig bedankte sie sich dezent und wartete einige Sekunden, bis der Applaus abebbte.

Alsdann begann sie ihre Rede; wie immer mit einer Begrüßung und einem freundlich sympathischen Lächeln. Sofort rief sie sich ihre ersten Stichpunkte frei aus ihrem Gedächtnis ab:

„Nun – ich freue mich, dass Sie sich an einem solch regnerischen Herbsttag hier und heute in Glasgow eingefunden haben, um erneut den Stand der Natur auf unserem Planeten zu bedauern."

Felicia bemerkte sofort, dass sich die Stimmung im Saal abrupt veränderte – diesen leichten Ton ihres hörbar versteckten Vorwurfs mochten Menschen generell nur sehr ungern vernehmen. Doch genau das wollte sie. Logik, mathematische Rechnungen und schockierend alarmierende Vorhersagen hatten all die Jahre ja nicht wirklich gezündet.

„Sie wissen …", führte sie fort: „Ich scheue mich nicht, meinen Mitmenschen, aber allem voran Ihnen in meinen jungen Jahren zu sagen, was ich von der weltweit fast pseudoaktiven Umweltpolitik halte. Schließlich waren und sind es Menschen mit Ihren Job-Positionen, die es all die Jahre lang versäumt haben, aktiv gegen den Wandel des Klimas zu handeln."

Felicia legte eine kurze Pause ein, um das Gesagte ein wenig bei den Hörer*innen sacken zu lassen.

„Beantworten Sie mir also bitte eines: Wie kommt es, dass wir regelmäßig – also mindestens einmal jährlich im Zuge des Klimagipfels – zusammenkommen, um den aktuellen Stand unserer Erde zu beklagen, anstatt Lösungsansätze aktiv durchzuführen.

Jedes Jahr hören Sie sich diese Fakten an; jedes Jahr aufs Neue stellen Sie fest, dass es so nicht weitergehen könne und jedes Jahr aufs Neue planen sie Deadlines in der fernen Zukunft, die letztlich verschoben werden.

Hinterher werden Winzigkeiten wie die Verbannung von Plastikstrohhalmen gefeiert, als hätten wir den weltweiten Ausstieg aus der Atomkraft geschafft."

Stille.

„Wir sind uns doch wohl einig, dass wir unsere Welt, und damit meine ich unseren Lebensraum, kaum mit dem Verbot von Strohhalmen werden retten können, oder?

Es braucht gesamtheitlich durchgreifende, regulierende Maßnahmen für Industrien und Konzerne, meine Damen und Herren!"

Felicia merkte gar nicht, wie sehr sich ihre Stimmlage von einem anfangs ruhigen Ton in einen schneller werdenden Appell umwandelte.

„Zum Beispiel bei dem Ersparnis von Wasser. Ein Ansatz: Wasserverbrauchsobergrenzen!", schrie sie beinahe ins Mikrofon vor ihr.

„Da Wasser immer knapper wird, sollten wir es weniger durch industrielle Prozesse verschmutzen und mehr Wert daraufzulegen, Menschen damit zu versorgen – mit gutem, sauberem Wasser!

Industrien, die viel Wasser verbrauchen, müssten weniger produzieren oder ihre Produkte nachhaltig anpassen. Selbstverständlich ist da mit Verlusten zu rechnen, ja! Aber nach jahrelangen Einnahmen und rücksichtslosen Verschmutzungen an der Umwelt finde ich es nur fair, dass die Verantwortlichen an dieser Stelle auch mal mit Verlusten, mit Verantwortung, rechnen müssten, oder etwa nicht? Dann produzieren Sie eben weniger Fast-Fashion und Fast-Food, meine Damen und Herren, wenn es dazu beiträgt unserer Ökosysteme und demnach auch unsere Lebensqualität zu erhalten!"

Felicia nahm nicht einen Hauch von Zustimmung im Publikum wahr, doch das bedeutete nur, dass ihre Punkte ins Herz trafen.

„Wie oft muss Ihnen, muss uns, denn noch jemand erklären, dass wir auf unsere Wassernutzung achten müssen oder sich die Jahreszeiten von Jahr zu Jahr noch weiter verschieben, dass die Anzahl an nicht einzuschätzenden Unwettern und vor allem deren Vielzahl weltweit ansteigen, dass sich Überschwemmungen und Dürren mehr als bisher ausbreiten, dass wir unsere Welt von innen und außen heraus weiter plastifizieren, dass wir den Müllinseln auf den Ozeanen vom All aus beim Wachsen zuschauen können und sich die Mikroplastikpartikel nicht nur traurigerweise in Fischen und deren Verzehrerinnen wiederfinden lassen – sondern sogar in unseren Neugeborenen, meine Damen und Herren!

Das muss doch auch Sie – vor allem Sie, wo sie doch selber Großeltern sind und darauf hoffe bald irgendwann mal Urgroßeltern zu werden – alarmieren!?"

Der Saal still. Einzig ein leises Räuspern ist zu vernehmen.

„Selbstverständlich wissen Sie", fuhr sie fort. „Wissen wir als Weltbevölkerung davon, dass der Klimawandel bereits in vollem Gange über unsere Köpfe, über Europa, Afrika, Asien, Australien, die ‚Amerikas' und die Pol-Regionen hinwegfegt.

Global macht er sich deutlich bemerkbar, denn er schreitet schon viel zu lang voran; dies ist Ihnen – nein – dies kann Ihnen doch nichts Neues sein!?", stieß Felicia aus und bemerkte dabei unterbewusst, dass sie begonnen hatte, aus dem Herzen zu sprechen. Ihre Verständnislosigkeit über die Untätigkeit ihrer Zuhörerschaft hatten überhandgenommen; ihre Notizen verworfen.

Mit leicht bebender, doch bestimmter Stimme sprach sie weiter:

„Nein – liebe Politikerinnen, liebe Industrieakteurinnen, liebe Lobbyistinnen – Sie sitzen hier doch nicht erneut beim 26. Klimagipfel, weil Sie auch nur eines dieser industriell-verorteten Probleme nicht kennen.

Ich unterstelle Ihnen sogar, dass Sie hier lediglich sitzen, weil es sich so gehört. Vor allem für Sie, als Menschen mit Einfluss, ist es für die mediale Präsenz besonders relevant, an den Leidensgeschichten anderer Anteil zu nehmen, nicht wahr? Mehr jedoch wird ja fast nicht von Ihnen verlangt – lediglich Antteilnahme und Präsenz."

Felicia bemerkte nicht mehr, dass sich ihre Redegeschwindigkeit verdoppelt hatte. Sie war angekommen – in der Sphäre zwischen Rage und Klarheit, welche die Realität für sie immer unwirklicher erscheinen ließ.

„Doch, meine Damen und Herren, so schwer von Begriff können wir doch alle, Sie eingeschlossen, nicht sein?!

Ich sagte es ja bereits; wir sehen überall, dass sich das Klima längst gewandelt hat! Seit der ersten in Berlin stattgefundenen Klimakonferenz im Jahr 1995 befinden wir uns in einer Klimakrise.

Und heute stelle ich mit meinen 15 Jahren noch immer dieselben Forderungen, wie meine Vorgänger*innen vor gut 20–30 Jahren. Bis heute sind die Treibhausgas-Reduktionsziele der ersten Klimakonferenz in '95 nicht erreicht worden. Zwar wurden damals alle anwesenden Industriestaaten dazu verpflichtet, ihren Beitrag zur Treibhausgas-Reduktion zu leisten, aber wir wissen, dass im Jahre 2017 noch immer 46,77 Milliarden Tonnen CO_2 produziert wurden – also anstelle einer Reduktion stellten wir 20 Jahre nach der ersten Klimakonferenz einen weltweiten Anstieg von 15 Milliarden Tonnen an Treibhausgasen fest."

An der Stelle konnte sie sich ein bitteres Auflachen kaum verkneifen. Unverfroren legte sie nach:

„Und Sie – meine Damen und Herren – sitzen hier, als würde hier auf dem Weltklimagipfel Jahr für Jahr nachhaltige Arbeit geleistet ..."

Enttäuscht schloss sie für zwei Zehntelsekunden ihre Augen.

„Sagen Sie – ist es eine Auswirkung der Klimakrise?"

Ihr Blick wanderte zurück in die Menge.

„Diese Lähmung und Ignoranz, mit der die eindringliche Problematik des Klimawandels politisch nicht mehr; sondern eher weniger gehandhabt wird?

Bitte verraten Sie mir – ist diese unterschwellige ‚Scheißegalhaltung', die eindeutig aus den beinah weltweiten politischen Entscheidungen bezüglich Natur- und Klimaschutz hervorgeht, ein Resultat aus der Mischung von Schuldgefühlen, Ergebnisdruck und Ungewissheit?

Der Klimawandel scheint Ihnen scheißegal – solange Sie weiter Ihre berufliche Stellung bewahren und Sie Ihre Interessen in Ruhe verfolgen können, oder?"

Unruhe machte sich bemerkbar. Ein Knacken ertönte in den Lautsprechern. Sie sah, wie ein im Anzug gekleideter Herr mit fuchtelnden Handbewegungen seinen Platz und daraufhin empört den Saal verließ. Sie wusste, die lähmende Stille im Publikum würde alsbald in Empörung umschlagen. Das Fenster, aus dem sie sich lehnen wollte, war nun geöffnet.

„Ich mag es dem Herrn, der da gerade den Raum verließ, gar nicht übelnehmen, wissen Sie. Ich rate Ihnen aber, balancieren Sie die Schuld, die sich bei Ihnen bildet, mit Tatendrang aus. Denn wenngleich Sie auch keinen Einfluss auf die ersten Klimakonferenzen und deren Einhaltungen der Ziele hätten haben können, so sind Sie hier und heute anwesend. Heute können Sie eine wirklich nachhaltige und dem Klimawandel entgegensetzende Veränderung ins Rollen bringen!"

Sie zuckte leicht mit ihren Schultern – keine Reaktionen, außer Empörung.

„Ok – Wer von Ihnen hat denn am letzten Weltklimagipfel in Madrid teilgenommen, meine Damen und Herren? Dürfte ich um ein kurzes Handzeichen bitten?"

Schüchtern konnte Felicia einige Hände sich emporstrecken sehen – die Gesichter jedenfalls waren zur Seite gewandt. „Bloß nicht ansehen – so die Devise", dachte Felicia. „Eine weitere Konsequenz, die wir als Auswirkungen des Klimawandels festmachen könnten: Scham. Die schämen sich in Grund und Boden", ging ihr durch den Kopf, während sie schon wieder zum Reden ansetzte.

„Ah – Schauen Sie. Es hat grob die Hälfte der Menge heute an der letzten Konferenz zum Schutze des Klimas in Madrid teilgenommen, richtig? Der Großteil von Ihnen wird wissen, dass diese die bisher längste UN-Klimakonferenz war, richtig? Und dennoch war sie die enttäuschendste.

Das Ergebnis: Minimalkompromisse, die 13 Tage verhandelt werden mussten. Sie und alle Natur-, Umwelt- und Klimaschutzorganisationen würden diese Nullrunde wohl lieber vergessen, lieber verdrängen, oder?"

Felicia schüttelte leicht angespannt den Kopf. Ein Seufzer entfleuchte ihr:

„Ebenso sehr wollen Sie die Verbindung zwischen Klimawandel und der sogenannten ‚Flüchtlingskrise' verdrängen!

Mal abgesehen davon, dass die Kriegs- und Rüstungsindustrie vom Weltklimarat nicht dazu verpflichtet wird, Berichte über Produktions- oder Nutzungsemissionen abzuliefern und wir nicht einmal die Kohlenstoffdioxidwerte einer ‚herkömmlichen' richtigen Bombe recherchieren können, wird der Zusammenhang zwischen Klima-Geflüchteten und dem medial aufgeladenen Begriff der ‚Flüchtlingskrise' absolut außer Acht gelassen!"

Empörende Stille – Krieg und Klimawandel. Felicia wusste, dass sie an dieser Stelle nur noch an einem seidenen Faden aus dem Fenster baumelte.

„Meine Damen und Herren, allein bei der Produktion von Schusswaffen in Deutschland entstehen 32.000 Tonnen CO_2. Die Waffen werden transportiert und mehrmals abgefeuert, sodass uns deren eigentlichen Dunkelziffern völlig unbekannt sind.

Das US-Verteidigungsministerium maß, laut einer Brown University-Studie, Werte von 1,2 Milliarden Tonnen zwischen 2001 und 2017. Im Jahr 2017 seien es sogar 59 Millionen Tonnen gewesen! Meine Damen und Herren, dies ist mehr als Industrieländer, wie beispielsweise Schweden, verursachen.

Jawohl, meine Damen und Herren, Sie sollten sich direkt angesprochen – gar verantwortlich – fühlen!"

Provozierend nickte Felicia in Richtung Germany und USA.

Dann fuhr sie fort: „Aber auch Ihre Kolleg*innen aus Saudi-Arabien, Indien oder Frankreich …"

Ihr Kopf wanderte durch den ganzen Raum.

„Ihre Staaten, meine Damen und Herren, investieren jährlich je über 60 Milliarden Dollar in Panzerwägen, Raketen oder Jets!"

Ein kurzes, aber tiefgehendes Schweigen setzte ein. Nur leise hörte man Felicia über die Lautsprecher atmen.

„Sie kennen das Konfliktbarometer des Heidelberger Instituts für Internationale Konfliktforschung, richtig?", fragte sie in die Menge.

Ein schwaches, unheilverheißendes Nicken machte sich bemerkbar. Das Publikum wusste um die Missstände nur zu gut Bescheid. Genau, wie sie es sich gedacht hatte; wie sie es gewohnt war. Daran konnte Felicia anknüpfen.

„Diese militärischen Ausrüstungen kommen laut den Heidelberger Forscher*innen weltweit in 15 Kriegen, 23 beschränkten Auseinandersetzungen und 158 gewaltsamen Konflikten zum Einsatz. Dass heißt: 190 Konflikte, in denen Flieger Bomben werfen, Panzer Häuser zerstören und Waffen Menschen ermorden."

Wut machte sich in Felicia breit. Unkontrolliert schrie sie in die Masse:

„Und das Ganze nicht nur auf Kosten der Betroffenen vor Ort, sogar auf Kosten jedes einzelnen, hier auf der Welt lebenden Menschen; auf Kosten des Klimas!"

Der Ausbruch hatte sie für einen Moment verausgabt und sie rang nach Fassung. Jedoch nur für eine kurzen Moment.

„Flüchtlingskommissar und Generalsekretär der Vereinten Nationen, António Guterres, der sagte schon in Kopenhagen auf dem Weltklimagipfel 2009, dass der Klimawandel zum Hauptfluchtgrund werden könnte. Er sagte – Zitat – ‚Er [also der Klimawandel] verstärkt den Wettstreit um die Ressourcen – Wasser, Nahrungsmittel, Weideland – und daraus können sich Konflikte entwickeln.' – Zitatende.

Und sehen Sie da – nur eine Dekade später und wir beobachten solche Auseinandersetzungen bereits in verschiedenen Regionen Südamerikas, Afrikas oder Asiens. Hinzu kommen Klimageflüchtete, die aufgrund von Rodungen – so wie meine Familie – aus ihrer Heimatregion vertrieben wurden."

Felicia war, als würde man ihr die Luft abschneiden. Verkrampft legte sie eine Hand am Pult ab.

„Sie wissen doch ganz genau, meine Damen und Herren, dass die Auswirkungen des sogenannten Klima*wandels* sich schon lange auch in unserem gesellschaftlichen Alltag abzeichnen.

Drum plädiere ich dafür, den Begriff des Klima*wandels* endlich in Klima*katastrophe* oder Klima*krise* umzuwandeln. Denn der Wandel des Klimas, meine Damen und Herren, ist doch längst in vollem Gange, hat sich fast gänzlich vollzogen. Das wissen Sie so gut wie ich und alle Wissenschaftler*innen, die sich nur ansatzweise mit unserem Klima und dessen globalen Verschiebungen beschäftigen.

Krise oder Katastrophe verleiht der Thematik jedoch endlich den ernsthaften Nachdruck, den es verlangt. Klimawandel suggeriert in der Ferne liegende Prozesse; Klimakrise alarmiert vor den bereits sichtbaren Auswirkungen und unterstreicht die Dringlichkeit, die Aktualität, mit der wir ihr begegnen sollten."

In Felicias Stimme lag noch immer Aufregung. Ihre Nasenlöcher bebten.

Suggestiv fragte Sie: „Sie kennen Alexandria Villasenor aus den USA oder Holly Gillibrand aus Schottland, Oladosu Adenike aus Nigeria, Helena Gualinga aus Ecuador, Sanna Vannar der Saamis oder aber Ridhima Pandey aus Indien und Lilly Platt aus Holland, die sich beide bereits vor ihrem 11. Lebensjahr dem Klima-Aktivismus verschrieben hatten? Und klar – natürlich kennen Sie Greta!

Sehen Sie denn nicht die Diskrepanz zwischen der Verantwortung die Sie übernehmen sollten, jedoch jungen Menschen wie uns, auferlegen?

Wir müssen, so wie aktuell Sie, die Eskapaden und Fehler der vorigen Generationen ausbaden. Wir müssen Ihre Fehltritte, Ihre schlecht getroffenen Entscheidungen wieder umkehren."

Erregtes Murmeln löste die vorige Stille ab.

„Ich weiß, Ihr Job ist nicht einfach; Sie bekommen schlecht gemischte Karten und sollen gewinnen. Aber nur, weil das abwegig scheint, müssen Sie nicht direkt unsere Karten wegschmeißen.

Denken Sie doch bitte einmal darüber nach: Was hinterlassen Sie uns?"

In diesem Moment entwich Felicia ein weiterer Seufzer, kaum wahrzunehmen, aber doch völlig klar in seiner Verzweiflung. Maßlose Enttäuschung, Wut und Angst vor erneuter Tatenlosigkeit steckten in diesem ausgestoßenen, heißen Luftstrom.

„Liebe Politiker*innen, liebe Industrieakteur*innen, liebe Lobbyist*innen", führte sie harsch fort.

„Ich weiß, dass es Ihnen aufgrund Ihrer politischen Tätikeiten und Ihrer Verantwortung für ökonomische Prozesse in erster Linie um die Generierung von Profiten geht und dass jeder Fleck der Erde für Sie vermeintliches Potenzial zum Verkauf für Landwirtschaft, Mineralstoffabbau oder ähnlichem besitzt. Aber lassen Sie uns bitte einmal überlegen, ob oder für wen dies dienlich ist."

Sie gab dem Publikum einen Moment Bedenkzeit, bevor sie weitersprach: „Nur für das ökonomische Wachstum einzelner Firmen, Geschäftspersonen oder Staaten, richtig?

Sie sehen: dahinter steckt keine Zukunft – für niemanden. Dabei sollte es Sie interessieren, was mit uns, mit Ihnen, mit allen Menschen zukünftig geschieht.

Ich fordere deshalb dazu auf, unser wirtschaftliches Handeln komplett umzudenken!"

Entsetzt darüber, dass ihr Publikum außer Empörung und Stille keine zustimmenden Reaktionen zeigte, erhob sie wütend ihre Stimme: „Sind nicht auch Ihre Kinder, Enkel und deren Großenkel von der jetzigen Habgier der Industrien betroffen? Habgier aus den eigenen Reihen?"

Felicia starrte leer in die Menschenmenge. Der Applaus blieb aus.

„Genau so tritt der Klimawandel in Erscheinung – in Form von Ignoranz, Gier und narzisstischer Ego- und Profitzentriertheit des Menschen!" Das Publikum zeigte sich sichtlich irritiert. Kein übliches Ende.

Sie waren schockiert – allesamt – von all dem, was sie da von dieser jungen zierlichen Frau um die Ohren geworfen bekommen hatten. Sie waren sich nicht sicher, ob der Respekt, den sie nun vor ihr hatten oder die ehrliche und – wohlgemerkt angebrachte – Dreistigkeit sie so sehr lähmten, dass sie nicht zu klatschen vermochten.

Der Saal lag in Stille, die Luft war so dick, dass man sie hätte zerschneiden können. Felicia blieb fast der Atem aus und auf ihrer Stirn bildeten sich feine Schweißperlen.

Sie wusste, heute hatte sie für eine Schlagzeile gesorgt.

„Scheiße", dachte sie. „Die Sensationsgeilheit auf klimabezogene Themen muss ich auf jeden Fall noch ansprechen."

„Nun …", ergriff sie ein letztes Mal das Wort, doch da stürmte schon die Frau in schwarz auf den Ausgang der Bühne. Mit wiederholten und wedelnden Gesten machte sie Felicia deutlich, dass sie nun von der Bühne zu treten hatte. Aber – Felicia musste sich doch wenigstens verabschieden.

„Vielen Dank", sprach sie, „für Ihre unverfrorene Aufmerksamkeit. Vermutlich bis zum nächsten Klimagipfel und …"

Da packte sie die verkabelte Frau am Arm und zog sie von der Bühne.

„Sorry", sagte sie in flüsterndem Ton zu ihr.

„They told me to get you, since they failed to shut you up by turning off the microphone on stage."

„What?", entgegnete Felicia schockiert.

Die Frau wiegte ihren Kopf, als suchte sie nach einer passend denkbaren Erklärung.

„Well, you frightened them, young lady!", sprach sie triumphierend leise in Felicias Ohr.

Felicia hatte nicht bemerkt, dass die Technik auf Bitten einiger hochrangiger Menschen ihr Mikrofon während der Rede auf Stumm hatten stellen lassen. Sie hatte einfach weitergesprochen.

Verwirrt wandte sie sich erneut an die Frau in schwarz. Sie deutete ihr durch eine Tür zu treten. Dann lehnte sie sich etwas zu ihr herunter, stupste ihr neckisch mit dem Ellenbogen in die Seite und sagte: „Good thing, you got such a loud voice! You need to tell them, girl! You got balls."

Felicia seufzte. Sie wusste nun nicht, ob man sie verstanden hatte, oder ob man ihr gerade einfach nur auf die Schulter hatte klopfen wollen. Dann trat sie von der Bühne und durch die Tür, durch die sie gekommen war, wissend, dass auf der anderen Seite alles wieder so aussehen würde wie immer.

Über die Soli- zur Subsidiarität

„Der Blick aus dem Fenster – ein wenig betrübt und doch hoffnungsvoll. Das Einzige, was einem in diesen schweren Zeiten bleibt. Ja, schwere Zeiten sind das. Man rührt die Fertigsuppe in seiner Heißen Tasse an und schaltet den Fernseher leiser; er läuft schon den ganzen Tag, in der verbitterten Hoffnung auf Nachrichten, verschwörerisch im Hintergrund. Wann wird es enden, dieses sich zu Hause einsperren müssen und das Lauschen nach Neuigkeiten in den Berichterstattungen jeglicher Plattformen? Man müsse sich ja informiert halten in diesen Zeiten; man weiß ja nie und überhaupt weiß man grad' eigentlich gar nichts. Da fängt es auch schon fast direkt an überzukochen, aber man wollte sich ja nicht mehr sorgen, sich nicht mehr über Dinge aufregen, auf die man keinen Einfluss ausüben kann – also …"

Ich wende den Blick nach draußen aus dem Fenster, verwerfe meine vorherigen Gedanken, stelle die Heiße Tasse beiseite und stochere in der am Boden festgesetzten Suppenmasse. Ich beobachte einige Vögel, die auf dem Hinterhof ihre kleinen Kreise ziehen. Ich frage mich, ob es stimmt, dass durch die wenigen Tage Stillstand einiger Produktionszweige die Erde ebenso einen Moment zum Durchatmen bekommen hat; oder ob wir uns das nur stolz einreden. Als hätten die drastischen Ausmaße unserer freien Marktwirtschaft niemals stattgefunden; als wären niemals Grenzen überschritten worden, als Menschen an Grenzen das Überschreiten verwehrt wurde; und als würden wir diesen Menschen jetzt helfend beiseite stehen? Als würde sich irgendwer für über hunderttausende von geflüchteten Menschen scheren, wenn sie nicht gerade weiß sind? Als würden wir uns dann noch mit den frappierenden Fällen von spurlos verschwindenden Mädchen und Frauen in Lateinamerika oder welchen Schockstories auch immer beschäftigen können?

Aber klar, der Smog in Großstädten geht zurück. Scheiße! Als würden ein paar zurückgekehrte Fische in den Kanälen von Venedig nun all das wieder wett machen?

Und wir tun, als würden wir's nicht wissen. Tun immer wieder so unwissend, als würden wir uns nicht alle einvernehmlich für den einfachsten Weg entscheiden und untätig, aber offen, unser Bedauern aussprechen. „Doch als würde, als ob, als wenn das alles noch in irgendeiner Form überschaubar wäre!", das sagen wir uns doch, damit wir uns besser fühlen, damit wir unsere Untätigkeit und Meinungsstummheit mit kollektiver Unwissenheit begründet wissen. Scheiße, beschissene Zeiten sind das!

Verstört und betroffen von dem Gedanken, dass wir als gesamte Gesellschaft wissentlich den politisch bequemeren und damit – global betrachtet – einen höchst unsolidarischen Weg einschlagen, starre ich nach draußen, in die Freiheit, durch mein Fenster. Obwohl wir wissen, was sich dahinter verbirgt. Glas ist durchschaubar. Es lässt uns entscheiden, wie sehr wir es verschmutzen lassen, wie sehr es unsere Wahrnehmung einschränkt. Dreck ansammeln, mehr braucht es garnicht. Damit lassen sich Gräueltaten und Ungerechtigkeiten in der Öffentlichkeit immer gut vertuschen, oder retuschieren – einfach, weil es sich so leichter leben lässt. Angewidert all dessen rümpfe ich die Nase und kippe den roten, klumpigen Restinhalt meines Tassenmahls in die Spüle unter dem Fenster.

Dann, in meinem Blick nach draußen, entdecke ich eine junge Frau auf einem Longboard. Sie fährt sicher, doch nicht wie ein Profi, lässig und in die Sonne grinsend die Straße hinunter. Ohne zu wissen, wer sie ist und welcher Grund sie dazu bewegt, sich mit dem Board draußen aufzuhalten, verzieht sich mein Gesicht. Wie kann sie bitte den heutigen Tag in diesen ungewissen Zeiten genießen? Ruckartig bäumt sich in mir tobender Ärger, tiefsitzende Wut oder vielleicht doch nur einfacher Neid auf. Wenn ich nicht raus kann, soll die doch auch gefälligst mit ihrem Arsch zu Hause bleiben!

Mit dem Blick bin ich draußen; lasse meine Imagination spielen, stell' mir vor, ich sei das Mädel auf dem Longboard. Stell mir vor, wie ich gelassen die Straßen herunterfahre, ungestört von all dem Ganzen. Doch da merke ich, wie ich auf dem Board ins Schwanken gerate, wie ich drohe zu fallen – zu voreilige Schlüsse gezogen habe, es mir anmaßte zu wissen, wie es ihr geht. Ich spüre den Balanceakt, fühle die Schwere im Herzen des Mädchens und die Freude, die ihr dieser kurze Moment in der Sonne auf ihr Gesicht zauberte. Ich genieße den Moment; genieße ihren Moment. Krampfhaft drücke ich die Augen zusammen, reibe meine Handflächen tief in meine Augenhöhlen und reiße danach meine Lieder hoch. Das Licht ist jetzt grell; in mir dämmert Erleuchtung.

Der Blick nach draußen – verstimmt, verspannt, verzweifelt –, der ist doch derzeit alles was wir haben! Und trotzdem scheint es mir, als wäre es noch so viel mehr als das, was der Großteil der Menschheit überhaupt für sich als Standard beanspruchen könnte. Und dabei ist das doch wieder nur ein lausiger Versuch, mich zu besänftigen. Ja, wir haben den Blick nach draußen. Das, 13 Pakete Klopapier, 8 mal 2 verschiedene Nudelsorten und 20 mal Reis und eigentlich auch alles andere, was uns empfohlen wurde, sich für den Hausarrest anzuschaffen – und Heiße Tassen natürlich; in mehreren Geschmackssorten. Komische, wirklich komische Zeiten sind das.

Mir wird schlecht – speiübel. Meine Paranoia greift. Ich fühle mich schwitzig und fiebrig; ein letzter Blick aus dem Fenster. Ich taumle ins Bad und schaff' es grade noch zur Toilette. Ich kotze, alter. Ich kotze.

Zusammengekrümmt liege ich auf dem Badezimmerboden; ich hechele und wische mir ein bisschen Kotze aus dem Mundwinkel mit meinem Ärmel ab. Der Ekel dieser Tatsache lässt mich ein zweites Mal zu tief in die Kloschüssel blicken. Hustend spucke ich den letzten Gallerotz und drück' die Spülung. Und da kommt er wieder; der Zweifel aus dem Hinterhalt; der Janus und der Harvey Dent in mir. Hin- und hergerissen; Ich bin mir nicht sicher – wie spät, was sagt die Zeit? Mein Kopf ist betäubt und meine Hände sind kalt. Im Bad ist kein Fenster, alles ist eng. An der Decke ist die Lampe mit Spinnenweben behangen. Muss ich nochmal? Hab' ich mir wohl Corona eingefangen? Oder spüre ich geade zum ersten Mal seit langem die innere Abscheu meiner eigenen Doppelmoral?

Ich heil mich für dich

Und heute; heute befinde ich mich am Ort der Erinnerungen. Wieder und wieder einmal versunken in Gedanken, fühle ich mich meiner Emotionen beschämt. Als ob es etwas Schlimmes wäre, als ob ich mich jetzt schon dafür verurteilen würde. Nicht doch. So ist es nicht gemeint.

Ich befinde mich am Ort der Erinnerungen, ich spür hier alles. Die erste Begegnung, das erste Grinsen. Das habe ich danach nie wieder vergessen, dein Lachen, weißt du. Dein Lachen hat angesteckt. In Erinnerungen ist alles ganz klar; es ist kein Geheimnis gewesen, dass du neu warst. Also total neutral betrachtet. Ich wusste, du warst neu. Ich kenne hier mittlerweile alle – zumindest vom Sehen. Und dich, dich kannte ich nicht. Und das zweite, dritte, vierte Mal in dieser Woche habe ich dich hier auf meinem Flur gesehen; jetzt musste ich meine Neugierde stillen. Und daher das Grinsen. Ich hab' dir genau das erzählt, weißt du noch? Wir lachten beide über meine Stumpfheit, aber du hast dich darin wiedererkannt, hast mir gesteckt, dass du gestern schon „Hallo" sagen wolltest; jetzt wünschte ich mir nichts inniger, als dass du diesem Gefühl nachgegangen wärst.

Es wäre eine Erinnerung, ein Moment mehr – immerhin. Besser als die wenigen, die mir bleiben. Sie reichen nicht aus, weißt du? Reichen nicht aus, um ausreichend um dich zu trauern. Ich wünschte, wir hätten mehr geschafft, weißt du … Mehr lachen, mehr reden, mehr Erinnerungen.

Vielleicht ist es aber auch gut so oder nicht? Denkst du nicht auch, dass es mir noch schwerer gefallen wär'? Meinst du, dass ich sonst tagelang anstelle von stundenlang geweint hätte? Meinst du, dass ich alles dafür getan hätte, um deinem Abschied beizuwohnen, obwohl die Pandemie einen gemeinsamen Abschied verbat? Meinst du, ich hätte sehen wollen, wie du wie ein Phönix aus deinem feuerroten Schicksal emporsteigst, in die Freiheit, die du dir so innig, so selig gewünscht hattest?

Ich kann es nicht sagen. Wirklich nicht. Aber im Endeffekt spür' ich den Samen, den du in mir gesät hast und das reicht dir vielleicht sogar. Was du in mir hinterlassen hast, in der kurzen Zeit; unbeschreiblich und unglaublich wertvoll – zum Glück haben wir uns nicht verpasst; zum Glück wollten, mussten wir uns kennen lernen, bevor du gingst. Ich bin mir sicher, auch du freust dich.

Wie Motten sind wir

Die Nacht war jung, ihre Seele alt. Sie hatte sich gerade auf ihrem Sessel niedergelassen; die Fenster geöffnet. Erschöpft fühlte sie sich. Zu viel Arbeit; zu wenig Geld. Als sie sich in die weiche Sitzgarnitur schmiegte, verging ihr die Lust – Leute zu sehen, rauszugehen, geschweige denn anzufangen. Dabei war das der Grund für ihr Erscheinen. Nicht umsonst suchte sie sich stets die Nächte zum Arbeiten aus. Die Nacht ist ertragreich. Die Nacht ist still und schön.

Sie überlegte einen Moment lang, ob Musik ihre Stimmung, ihre Inspiration beeinflussen würde. Sie wusste es nicht, es war ihr auch egal. Sie hatte keine Lust; keine Lust auf nichts und somit starrte sie; ihr Blick traf leeren Gedankens die Wand.

Sie hasste es – nun einfach da zu sitzen. Diese leere Wand widerte sie an, erinnerte sie an sich selbst – so empty, so blank und brüchig fühlte sie sich. Der Anblick der kalten, weißen Wand wurde schon bald unerträglich, sodass sie nicht unterscheiden konnte, ob sich ihre Augen aus Erschöpfung oder aus enttäuschendem Frust schlossen.

Automatisch lauschte sie in die Leere hinein, hörte einen lauten Seufzer; ganz von ihr ausgehend. Auch das leise Rauschen der Heizkörper hinter ihr und das Surren der Leuchtstoffröhren über ihr vernahm sie in ihrem erschöpften Delirium.

Und plötzlich – völlig unerwartet – ertönte ein weiteres Geräusch. Ein Flattern beinahe. Ungleichmäßig, irgendwie verzweifelt klingend. Links, oder doch rechts hinter ihr? Schlagartig öffneten sich ihre Augen, als hätte ihre Sehkraft ihre auditiven Sinne verstärken können. Beinahe schlagartig fuhr sie mit dem Kopf herum, schaute hinter sich, über ihre Sessellehne hinaus, den Blick auf die Fensterbank gerichtet. Ein Schatten schien sich hinter einer bunten Glasscheibe zu bewegen, unkontrolliert, flattrig. Sie beugte sich vor, schob die gelbe Glasscheibe zur Seite und betrachtete ihre Entdeckung.

Noch ein Seufzer. Nichts, was ihre Aufmerksamkeit gehalten, geschweige denn verdient hätte, dachte sie. Ihr Kopf legte sich schräg zur Seite. Das unkoordinierte Zucken vermittelte ihr den Eindruck, dass es an der Zeit war; an der Zeit zu gehen. Sie würde heute sowieso nichts schaffen; sich weder produktiver, kreativer oder besser fühlen. Also wollte sie erst recht keiner Motte beim Sterben zusehen! Es reichte ihr; genug der Negativität und des Selbstmitleids. Sie schließlich war keine Motte – sie war keinem vielversprechenden Licht gefolgt und nun verreckend auf der Fensterbank eines Ateliers gelandet.

„Aber …", kam ihr der Gedanke, „einen Schmetterling hätte ich versucht zu retten." Doch das änderte nichts am Lauf der Dinge. Die Motte schlug ihren letzten Flügelschlag, als die Ateliertür laut ins Schloss fiel.

Schubdenken im Laden

Von allem gibt es alles zur Auswahl – ist es nicht so? Möchte man Bohnen kaufen, so besteht die Qual der Wahl zwischen weißen, schwarzen, dicken, dünnen und langen, sauren, mit Soße konservierten, aus Chili- oder Kidneybohnen. Und an dieser Stelle wurde sich der Frage nach der Marke, ob *Kühne, Erasco, Tip* oder *Gut und Günstig*, ob *Ja!* oder *nein?'* noch gar nicht zugewandt.

Selbstverständlich erachten wir die Vielfalt in den endlosen Gängen unserer Supermärkte als normal. Wie Wolkenkratzer erstrecken sie sich bis beinahe unter die Ladendecken. Von allem gibt es alles – in tausendfacher Ausführung. Ein Fakt, den wir, ohne ihn zu hinterfragen, liebend gerne akzeptieren.

Sobald es aber um Menschen, um ihre Ethnizität, Religionen oder anderweitige Zugehörigkeiten geht, da wird die eine oder der andere schon schnell recht hellhörig und auf einmal ist Vielfalt gar nicht mehr so ein vielversprechender Faktor. Die einfache Wahrheit, dass es bei zwischenmenschlichen Interaktionen immer zu Differenzen und Diskrepanzen kommen kann, wird plötzlich an unsinnigen Faktoren wie Gender, Sexualität, Herkunft, Aussehen oder nationaler Zugehörigkeit festgemacht. Dass bei menschlichem Handeln, aber auch im Leben der meisten Tiere. Auseinandersetzungen und Streitigkeiten sind im Allgemeinen auf unserer Welt existent und sind daher völlig normal. Doch dieser Aspekt wird dabei meist außen vorgelassen oder schlichtweg vergessen.

Dieser Fakt sollte jedoch von vornherein jegliches stereotypisierte Denkmuster hinterfragen. Schließlich scheinen diese vermeintlich festgestellten, danach festgefahrenen und nun scheinbar dem Menschen natürlichen Potentiale für Konflikte ganz natürlich. Warum also haben so viele Menschen das Gefühl, dass Konflikte nur zum Vorschein kommen, sobald man gesellschaftliche Vielfalt anstrebt, lebt oder zu verteidigen und rechtfertigen versucht.

Ja, oder warum akzeptieren wir denn dann die Auswahl im Supermarkt, dass man entweder grüne Bohnen oder Chilibohnen, möglicherweise sogar beide oder keine dieser Bohnen essen mag. Wieso können wir nicht einfach die Lebensstile, -weisen und -gefühle von Meschen akzeptieren, die ihr Leben nach ihren eigenen oder kollektiv auferlegten Normen leben?

Während ich hier entlangtrotte, an den unendlich tausend Möglichkeiten an Kelloggs- und Müslisorten vorbei – will ich einfach nur noch weg. Weg von all dem hier; dieser genormten Vielfaltslüge ... Weg von den Normen. Weg davon, dass wir uns alle einsortieren und wegordnen müssen. Deswegen hat das Ganze hier doch einen bitteren Nachgeschmack; egal welchen der 3000 Weine ich mir aussuche, es ist ja doch nur Wein und wie bekannt, hat solcher halt doch irgendwo immer dieselben Eigenschaften. Ganz wie beim Menschen. Woher kommt denn dann die Angst vor Polyfonie? Mehr Mehrstimmigkeit anstatt vermeintlicher Auswahl! Sollten wir das nicht in Zukunft bevorzugen, um mehr Perspektiven zu ermöglichen und Räume zu schaffen?

Mir fällt auf, dass mich die Auswahl an zurechtgeschnittenen Lebensvorschlägen so sehr einschränkt wie die Auswahl regulärer Kleidung von der Stange – alles gleich; in 20 Ausführungen, mal größer, mal kleiner und mal in nem anderen Farbton. Bringt nichts, die getarnte Normierung. Sie schmiegt sich an meinen Körper wie eine Uniform, die zu sagen pflegt: „Ich bin Konsumsoldatin." Das ist kein Vorwurf, schließlich wissen wir alle, dass sich Soldatinnen und Soldaten ihren Befehlen nicht entziehen können. Demnach fällt es diesen auch leichter, den zurechtgeschnittenen Lebensplänen Folge zu leisten; sie leisten ja auch allem anderen Folge. Obwohl uns unsere Mütter doch häufig zu fragen pflegten, ob wir aus dem Fenster springen würden, nur weil uns jemand befielt, dieses zu tun. Und wir, wir versuchten Mutter stets zu beruhigen und ihr zu versichern: „Ach Mama, ich bin doch nicht dumm!" Aber steht das Fenster erstmal offen und die richtige Marke oder der saisonale sale lädt zur Versuchung ein, dann sind wir doch schneller gesprungen als wir „Ahhh" schreien können.

Dabei sollten wir erstmal aus dem Fenster schauen, die Aussicht studieren, gucken, ob wir wirklich dort landen möchten, wo uns der vermeintliche Absturz unvermeidlich hinführen wird. Aber die Zeit nehmen wir uns selten; wir sind schließlich zu beschäftigt damit, einzukaufen, die Spreu vom Weizen zu trennen und die Fäden zu erkennen, die unseren Umgang mit Menschen wie Ware so fuckin' stark beeinflussen zu scheint.

„*Mit Bohnen hat das nun aber nichts zu tun*", würde nun die eine oder der andere einwerfen. In Ordnung – dann hat es eben mit Öl und Plastik zu tun, oder den Palmenplantagen oder der unmöglich artgerechten Tierhaltung von „*Futter*"tieren. Schließlich tun wir so, als würden wir Lebewesen, die nach unseren gesellschaftlichen Maßstäben nicht vorsätzlich zum Verzehr geeignet wären, besser halten?! Machen wir nicht gerade Jagd auf sie, um die letzten Spezies auszurotten, sperren wir sie trotzdem in Käfige, beschäftigen Menschen damit, ihnen Futter und Medikamente zu geben und melden sie auf Tierdatingapps, wie dem weltweiten Zoological Information Management System an, um dann wieder die Ausrottung dieser Spezies zu verhindern. Da kann man sich doch nur die Hand vor den Kopf schlagen.

Wir fragen uns, weshalb sich in und an unserer Gesellschaft nichts ändert, obwohl wir wissen, wohin uns unsere Konsumgier führt. Eben drum scheint der Zusammenhang zwischen unserem ungehemmten, ungebremsten und unreflektierten Konsum und unserem teilweise unmenschlichen Denken, respektlosem Verhalten und herzloser Empathie gegenüber irgendeinem unserer rund acht Milliarden Mitmenschen doch gar nicht so unrealistisch.

Ich stehe vor dem Regal mit den Smartphones – ich kann mich nicht entscheiden; will mich gar nicht entscheiden, aber brauche ein neues. Morgen kann ich wiederkommen und von neuem beginnen, als wäre ich heute und gestern und jeden Tag der letzten Wochen nicht auch schon hier gewesen und hätte unentschlossen versucht, mich zwischen iPhone und Samsung zu entscheiden. Sind doch noch die führenden Hersteller auf dem Markt?! Ich reibe mir müde die Augen und erinnere mich daran, dass meine Kaufentscheidung sehr wohl mit dem Leben mir fremder Menschen zusammenhängt.

Mal abgesehen davon, dass Einflüsse ameripäischer Massenkultur die Ausgeburt der imperialistischen Strukturen und mahndenkmalgroßen Überbleibsel des Kolonialismus darstellen, werden die Wertesysteme anderer Kulturen, abgesehen der westlichen, auf die Dauer weich und letztlich mit den Strömen des konsumorientierten Stumpfsinnes davongewaschen. Also frage ich mich: tu ich den Menschen auf den Elektroschrott-Mülhalden Ghanas und den Kinderarbeitenden in Schwermetallminen etwas Gutes, indem ich mich davor drücke, mein neues Luxusgut zu kaufen?! Schließlich landet mein altes Gerät dann nicht auf der Halde, um von kleinen abgeätzten Fingern auf seine Einzelteile auseinandergenommen zu werden; also macht auch keiner mehr diese – keine Ahnung, sagen wir mal – 50cent mit den restlichen Wertstoffen meines alten Handys. Das ist doch schlecht, oder nicht? Ist es dann nicht fast aktivistisch von mir, den armen Menschen der Dritten, Vierten oder Fünften Welt dann meine ach so wertvollen Metallreste vor die Fresse zu werfen und zu hoffen, dass ich damit für einen gerechten Ausgleich sorge?!

Wahrscheinlich nicht – schließlich sind das die ersten Schritte in Richtung kategorischer Abwertungen und Benachteiligungen. Aber klar; es liegt ganz bei mir, ganz bei dir. Ich kaufe weder noch. Du dafür vielleicht gleich zwei. Keine Ahnung. Mir muss es scheißegal sein, welche Kaufentscheidungen du triffst. Aber denke nicht, es hätte auf dich und deine Umwelt keine Auswirkungen. Lüg dich nicht an – du weißt es besser!

Kategorisierung als Voraussetzung für Diskriminierung: Lieber weiße Bohnen als schwarze, wa?

Schwer und lose

Keine Materialität – Schwerelosigkeit. Das Gefühl, schweben zu können in unbestimmtem Raum mit unbestimmtem Gewicht. Wie wäre es, wenn die Lasten auf den Schultern unserer Seelen einfach im Vakuum der physikalischen Gesetze entschwänden?

Oder anders als wie – was wären wir? Was bliebe übrig, würden sich unsere Körper abtrennen von Seele und Geist oder wie auch immer es benannt werden soll? Wären wir dann überhaupt? Einige Menschen behaupten mit fester Überzeugung, es bliebe nichts; nichts als der fleischleibige und fettbackige Körper. Es gäbe nichts als den solchen, der das Leben durchs Sinnen erfahrbar macht.

Aber wer wagt es, den menschlichen Wahrnehmungssinn auf diese Weise zu unterschlagen, ihm, ihr und sich selbst so wenig zuzutrauen? Diejenigen, die ihren Körper zu verwöhnen wissen, solche, die sich an den Leiden und Ausbeutungen anderer durch überteuerte Cremes, Parfüms, Elektronik und in krankheitserregenden Medikamenten oder gar Lebensmitteln zu laben vermögen. Für diese Halbmenschen ist es einfach, den Körper als einfachen Lebensmittelpunkt des menschlichen Seins zu verdammen. Auch aus dem einfachen Grund, dass dieser durch den ständig maßlosen Überkonsum von allem genährt wird. Mentale, emotionale Sinneseindrücke werden nicht mehr anders erfahrbar – unauffindbar – gemacht.

Wie auch anders? Wir lähmen uns durch die tagtäglichen Medien- und Wernereize von Plakaten, elektronischen Werbetafeln, im Kino, Fernsehen und auf dem Smartphone; auf jedwedem medialen Endprodukt schreien die hiesigen ameripäischen Konsumnormen auf uns ein. Und sie verlangen, VERLANGEN, dass das harterarbeite Geld in kurzweiligen Schwund umgewandelt werden sollte und gibt uns genügend vermeintliche Gründe, Bedingungen und kurzweilige Befriedigung, um uns in diesem Trugschluss des gekauften Glückes zu bestätigen. So lang, bis ein neues Schwundschundmodell auf den Markt kommt und sich die Köpfe darum eingeschlagen werden. Spätestens alle zwei Jahre – nein jedes Jahr – oder doch alle sechs Monate – am allerbesten jede vier Wochen ODER jeden Tag, jeden TAG – sollte man den alten Scheißkauf auswechseln.

Ja, lähmend, nicht schwebend, leben wir. In diesem Zustand lebt sicherlich mehr als die Hälfte der Welt; jene, die es wagen, nur die physische Definition von Leben zu akzeptieren, weil sie die andere, die seelisch expressive Seite vergraben – viele sie sogar getötet haben. Doch Lähmung ist keine Schwerelosigkeit – als Lebenszustand verhält sie sich gegenteilig – beschwerend, erdrückend. Wir verharren und stecken fest in ebendiesem heuchlerischen Luxus, den wir uns nicht als europäischen Lebensstandard einzugestehen wagen.

Doch es erfüllt nicht, füllt nur unerfüllte Lücken. Deswegen wird und kann all das nicht so einfach aufhören. Unsere kaufwütige, unterdrückende, ach-so-freie Marktwirtschaft. Mehr als sicher gewinnt sie jeden ausgefochtenen Krieg, egal auf welcher Ebene. Wenn es um die Landnahme des brasilianischen Amazonas und dessen Bewohnermenschen für Futtermittel und Weideland geht. Oder es um international ausgetragene Interessen – oder besser noch – Machtkonflikte wie Rohstoffaneignung, Ölfelder und den Abbau von Bodenschätzen geht. Oder noch offensichtlicher: die Vermarktung von Waffen und der scheinbar nebensächlichen Börsenspekulation mit Krieg.

Die freie Marktwirtschaft weiß sehr wohl ihre Interessen zu unterstützen und ihre Freiheiten auszunutzen und nimmt sich das Recht heraus, diese – egal wie ausbeutend und einvernehmend die Umsetzung – eher für elitäre Menschen, Gemeinschaften und Institutionen zu bewahren.

Für all diejenigen nicht elitären Menschlein bleibt das lähmende Leben lähmend; schwer. Für die einen mehr – die anderen weniger. Die Randgruppen, also solche Menschen, die sich von den wohlhabenden Kreisen der Wirtschafts- und Medienhaie so weit wie nur ebenmöglich entfernt wissen müssen und sogar wollen, sind Ausgestoßene oder in sich selbst und in die Einsamkeit zurückgezogene Individuen. Sie entziehen sich dem üblich am Übermaß gefüllten Einkaufsstraßen und -zentren. Meist liegt dies an zwei ausschlaggebenden Faktoren:

1. Anpassungsschwierigkeiten durch Geldmangel
und
2. Geldmangel durch Anpassungsschwierigkeiten.

Wobei der erste Faktor – also das gescheiterte Einreihen in Szeneclubs oder des Schnäppchenjagens bei Markensales – der gängigere ist. Jedenfalls auf den ersten Blick. Denn über das über Generationen übertragene Weitergeben von Armut (wir nennen es Mittelstand) und an-sozialisierten Nachteilen wird wirklich viel gesprochen, aber nicht dementsprechend gehandelt. Muss ja auch nicht unbedingt. Schließlich bewundern wir in Europa den Durchbruch dieser armen, studierenden Mittelschicht. Hurra. Dieser scheinbare Erfolg scheint so enorm, dass man dem Rest der Menschen, Menschen mit Hunger und Recht auf Bildung, keinen Gedanken zuwenden muss. Zum Mindest nicht so richtig. Aber Mensch träumt groß und ausgiebig und wünscht sich, Mensch wäre eine von den Stars und Sternchen, um sich mit 'nem teuren, alkoholischen Getränk am Pool des eigenen villaartigen, am Strand gelegenen Zehntwohnsitzes die Sonne in die Fresse scheinen zu lassen. Wer will das nicht – theoretisch will ich das auch. Aber ein Großteil unserer großen, privilegierten ameripäischen Bandbreite an Menschen sehen trotzdem ihrem einfachen Schicksal entgegen; ohne jene irrealen Wünsche des „richtigen" Lebens, also des weltweit so verlockenden American Dreams, je erlebt zu haben. Das bedeutet, ein normales Leben führen. Was wiederum heißt, nie ein dickes Auto gefahren, nie eine Villa besessen oder etwas abartig Schein-Luxuriöses gegessen zu haben. Tigerpenis vielleicht.

Die andere Kategorie, welche Menschen umfasst, die sich aufgrund bewusster Entscheidungen von dieser Lebensweise distanzieren, vielleicht sogar auf Neuproduktionen und das sinnlose Ausgeben von Geldbeträgen verzichtet, wird aus diesem Grund ausgeschlossen. Doch der Markt schläft nicht, er lauert. Und Zack – ehe man sich versieht, sprießt auch aus dieser Nische eine vermarktbare Ideologie. Das Kaufen kann weitergehen, ist ja jetzt alles fairtrade, vegan und ökologisch vertretbar. Nachhaltigkeit, weil das gute Gefühl, der Trugschluss über eine leicht bessere Tat, länger an mir haften bleibt.

Was mir bleibt, ist das Gefühl der Verarsche. Wenn wir ehrlich sind: Das Vertrauen in die eigene Kaufentscheidung haben ich und du doch schon lange verloren, oder? Dadurch irgendwann das Hinterfragen verworfen und die kleine eigene tadelnde Stimme einfach verstummen lassen.

Diesem Konstrukt hat es der neuzeitige Mensch wahrscheinlich zu verdanken, dass er verantwortungsunbewusst seine Leichtigkeit verliert und gegen Kompensation austauscht; kompensieren. Wir sind noch lange nicht bei schwerelos, beim Schweben. Ich vergesse so schnell, wie sehr mich gesellschaftliche, also industriell-wirtschaftliche Strukturen, unter dem Deckmantel der Nachhaltigkeit und Fairness be- und meine Lebensfreude unterdrücken; quasi mein Potential verfluoridieren. Ebendieses Potential wird mit der Zeit so steif, dass es in Form meiner Seele zerbröselt. Ich vergesse so schnell; diese Gedanken, die ich auch gar nicht haben will, weil ich befürchte, dass es ohne diese Strukturen noch schlimmer sei. Ich bringe schließlich keine Vorschläge zur Verbesserung der Dinge mit. Ich im Schatten von Lügen. Irgendwie einem Ziegelstein der Baracken eines Konzentrationslagers gleich: schwer, unbeweglich und traumaisiert. Trotzdem bleibt dieser ewig im Gespann des Kapitalismus, der Profilgeilheit verweilend, auch wenn der Schrecken längst vorbei ist, steht das Gehäuse noch, um sich an diesem oder vielen anderen Schrecken zu bereichern – im Deckmantel des Mahnmals. Also vergesse ich, vergessen wir alle gemeinsam; wir im ameripäischen Westen.

Wir vergessen mit dem Einkauf von allem Möglichen, am besten günstig. Denn Kaufen macht glücklich, Geiz ist geil und einmal hin – alles drin. Auch das vorgespielte Glückserlebnis, wenn Pflegeprodukte und andere Luxusgüter bezahlt im metallenen Einkaufswagen herumkugeln. Ein Glücksempfinden, welches einer törichten Sicherheit gleicht. Schlimmer noch: selbstgerechte Selbstsicherheit – oder doch selbstgesicherte Selbstgerechtigkeit?

So oder so ist es der instabile und herumgereichte, zerflederte scheiß Geldschein, welcher die Kosten auf den Leben der Anderen etabliert und scheinbar noch immer legitimiert. Hier kommen wir erneut auf die Zurückgestoßenen. Im Endeffekt stellen sie die eindeutigen Hinkelsteinhütten unserer angenehm luxuriös gestalteten Welt dar. Nicht nur materiell gesehen sind sie von „großzügigen" Abgaben uneigennütziger Organisationen, Geschäftsleuten und hipster Flaneure abhängig und demzufolge im wirtschaftlichen Sinne gänzlich erfolg- und nutzlos. Ja, vor allem ihr Arbeitsgeist wird verteufelt und automatisch wird ihnen die Würde innerhalb der Gesellschaft abgesprochen. Im engeren Sinne werden diese Menschen für uns, also sogenannte Aufrechthalter der Ökonomie und Industrie, recht wertlos. Eine Art der Schwerelosigkeit? Innerhalb eines Systems vielleicht.

Aber noch lange nicht schwebend, denn der Ausdruck des „in der Schwebe Hängens" wird hier ja buchstäblich mit dem sich verloren-fühlen definiert. Nicht unbedingt äußerlich – obwohl ein abweichendes oder vielleicht einfach nur allgemein als unmodisch empfundenes Auftreten diesem Lebensstil meist stereotypisch vorgeschrieben wird – sondern viel mehr durch ihre Verhaltensweisen, die sich maßgeblich von nine-to-five-arbeitenden Steuerzahler*innen unterscheiden. So schweben die Unkonformen in ihren eigenen Welten, träumen manchmal frierend, manchmal von einem Coworking Space in Thailand ausgehend und lassen los von der Schwere, die wir uns so einfach zu eigen machen zu scheinen.

Eben drum könnte man solche Menschen, die wir verächtlich und naserümpfend *Penner*, *Opfer* oder *Ökos* nennen, eine Art von Freiheit genießen, die den in Arbeit begrabenen *Arbeitenden* verwehrt bleibt. Schnell lässt sich über Menschen urteilen, wenn ihre Motivation oder Intuition mysteriös und dem prototypischen, heterogenen, gebildeten, alten, weißen und porbably cis-männlichen Ameripäer kopfschüttelnd unerklärlich bleibt. Dabei sollte dieser Wunsch nach Freiheiten, außer den zeitweise glückenden finanziellen Freiheiten, ein im Grundgesetz festgehaltenes Recht sein! So tief und natürlich verankert scheint dieser Drang im menschlichen Dasein zu schlummern – in jedem von uns! Dieser Drang wird uns jedoch früh genug abtrainiert – der Wunsch nach Zeit und Ruhe im Alltagsstress wird so lang unterdrückt wie nur eben möglich und da gilt das Motto: früh übt sich. Lasst uns unsere Kinder schon während der Schulzeit bis hin zum Burn-Out stressen – dann sind sie optimal auf ihre Zukunft vorbereitet. Krank machen gleicht schwäche und ungehorsam – auskurieren gibt es nicht! Man darf sich nicht so anstellen!

Doch mit der Zeit stellt man fest, dass Dinge im Argen liegen, man zu lang mit sich hat rumspielen lassen. Nun ist kaum was zu ändern – so scheint es zumindest. Und doch: Demonstrationen und Revolutionen werden zur einzigen Form westlicher Realisierung des Widerstandes; sind die einzige Gegenwehr, der einzige uns zugängliche Weg zum expressiven Ausdruck gegen andauernde Attacken geistiger und körperlicher Unterdrückung – ihr kennt sie, sie wiederholen sich jährlich, werden zu stolzen Ritualen, Mensch kramt die mittlerweile jubiläumsfähigen Schilder aus dem Keller. Was lernen wir daraus – es ändert 'nen Scheiß!

Eben drum würde ich sagen, dass diese Menschen es sogar schon geschafft haben, teilweise in irgendeiner Form zu schweben. Sie sind aber noch immer nicht schwerelos. Aber sie schweben; Sternenstaub gleich schweben sie durch die zirkulierenden, in ihrem Umlauf wirbelnden Konsumenten in den Kauf-mich-Straßen daher; leben ein Leben in völliger Abhängigkeit von Mitmenschen, Kumpan*innen, Lebenspartnerinnen und -partnern oder eben dem kauflustigen Passanten- oder Touristenvolk. Sie gleiten im Kosmos des Konsums dahin, ohne vollkommen unterzugehen. Denn es gibt Wichtigeres anzuschauen und zu kaufen und zu essen; da wird Sternenstaub leicht übersehen oder gar mit altlastigem Dunst vertauscht und weg gepustet.

Wir vergessen, dass wir die Sternchen sind, die irgendwann das Licht des Bewusstseins von der Sonne geschenkt bekommen haben mussten. Ebenso sehr vergessen wir, dass wir alle ausbrennen werden; eines Tages, die einen früher oder später, doch wir sind kleine Sonnenimitationen, die mit ihren inneren Eigenschaften in der Lage sind, Licht und dadurch Leben zu erzeugen. Doch je öfter dich ein stattlicher Meteorit streift und du nicht lernst, in der Schwerelosigkeit auszuweichen, dann wird diese Fläche mit jedem weiteren Aufeinandertreffen schrumpfen; bis der Wohlstand immer geringer wird; die Oberfläche immer entstellter und unförmiger.

Beinahe verschwunden, aber doch existent funkelt der Sternenstaub dann bei Nacht – mit bloßem Auge für reguläre Steuerzahler*innen kaum wahrnehmbar; nicht ersichtlich. Mit der richtigen Einstellung und dem zielgerichteten Blick aber für die Aufmerksamen leuchtend erkennbar.

Vielleicht auch erst, nachdem es einem selbst gezeigt ward und Mensch von dort an wusste, in welche Richtung es sich lohnt zu schauen, um ein natürliches – nennen wir es: Überlebenswunder im lebensfeindlichen Lebensraum – mit „eigenen Augen" beobachten zu können.

Ich stellte mir einst vor, dass ich der Mann gegenüber von mir sei. Schlummernd und kopfwackelnd saß er auf dem Sitz der Berlier S-Bahn; in respektvoller Manier trug er seine Maske und hatte unter sich eine Zeitung ausgebreitet, auf der er saß. Er wirkte nicht als würde er sich einpinkeln oder ähnliches, aber ich glaube er hatte versucht sich zu versichern, dass er dort nicht weggeschickt werden würde – obwohl er nichts und niemanden mit seiner Anwesenheit störte. Er sagte nichts, bewegte sich bis hin zu seinem wackelnden Kopfe nicht und stellte meiner Meinung nach einfach nur einen weiteren Fahrgast dar. Seine offensichtlich geschwollenen, in zerfledderte Schuhreste gehüllten Füße jedoch waren es, die die Blicke der anderen in verhaltener Scham auf ihn flielen ließen. Da fragte ich mich: wie würde ich mich fühlen? Blicke gefüllt mit Abscheu, Ekel, Unbeholfenheit und wenn überhaupt einer Prise Mitgefühl. Wie fühlt sich das an? Wie fühlt sich dieser Mann, der von den Menschen um ihn herum Blicke zugeworfen bekam, als würde er mit seiner reinen Anwesenheit irgendwem Unrecht tun?

Ich kann es nicht sagen – auch ich habe nie mit ihm gesprochen, habe ihn nie gefragt, sondern hab ihn einzig mit warmen Blicken und einem verhaltenem Lächeln angeschaut und mir meine Gedanken gemacht. Genau, ich bin kein Deut besser.

Aber – es sei geflüstert worden, dass das Wechseln von Perspektiven schon so manche Augen, gar Herzen geöffnet hätte. Oder hab' ich's mir selbst zugeflüstert? Um nicht den Verstand zu verlieren, um nicht in Verzweiflung zu versinken und mich und diese von Göttern so verdammte Welt nicht aufzugeben? Denn das hab' ich nicht. Ich hab' nicht aufgegeben, zu denken und zu suchen und zu hoffen; und ich mein ja auch, ich hätt's fast – fast gefunden! Ich geb' Bescheid – ich lass euch alles wissen: wissen, wie man Schwere los wird, damit Mensch schwebt und wirklich in Schwerelosigkeit, ohne Lasten und zufrieden, ganz in Frieden lebt.

Ich bin grad schon los und weiß nicht wie – am schweben. Versprochen, von da oben schicke ich euch dann 'ne Flaschenpost. Inklusive Anleitung zum Finden des inneren Seelenfriedens, plus 'ner Prise Venusstaub und lieben Grüßen aus der Mandelmilchstraße.

Ein Fundament

Wenn ich so an die ersten Kindheitsjahre zurückdenke, dann fällt mir auf, wieviele schlimme Dinge eigentlich wirklich passiert sind und dass ich das Gefühl habe, kein großes Trauma oder irgendeine mentale Einschränkung oder Persönlichkeitsstörung davongetragen zu haben – scheinbar jedenfalls. Mir fällt nur auf, dass ich mein Leben weitestgehend genieße und genießen will. Ich gehe davon aus, dass ich das nie ohne das große, mir zugekommene Maß an Liebe fertiggebracht hätt'. Wie könnte ich dies auch anders bewerten?

Ohne dass hier auf konkrete Ereignisse eingegangen werden muss, verstehen sich kindliche Erinnerungen als Grundlagen, als die Fundamente, auf denen alles Weitere ausgesät und aufgebaut wird.

Als ich klein war, verstand ich das natürlich nicht. Ich liebte nur das Leben und die Freude und die Sonne und den Rasen, auf dem man herumkugeln und bei Mangel an Vorsicht in Bienen treten konnte. Alles hat zwei Seiten.

Ich glaube, dass ich auch dies als Kind nicht verstand, sondern viel mehr intensiv nachempfand. Ich meine zu meinen und dabei sehr sicher zu sein, dass das nicht die einzigen Faktoren geblieben sind, um kindliche Trauer, unglaublich verwirrte Gefühle und Eindrücke zu etwas Anderem, Neuem umzuformen. Ein kleiner Mensch machte es mir möglich, Erlebnisse auf eine weitere, andere, natürliche Weise zu verarbeiten und brachte mir bei, dass es seine Berechtigung hat, mit ein bisschen Trauer leben zu dürfen. Es geschah, indem dieser Mensch mir etwas anbot, das wohl nie wieder entzogen werden wird: Freundschaft.

Ein kleines blondes Mädchen lief freudestrahlend auf einen schluchzenden Lockenkopf (so würde sie des Öfteren in ihrer darauffolgenden Kindheit genannt – gar gehänselt) zu. Sie bemerkte die funkelnden Tränen auf ihrem leicht braunen Gesicht und grinste. Sie hatte das „andersartige", weinende Mädchen beim Eintreten beobachtet; wie sie ihre Mutter im Vorraum nicht hatte gehen lassen wollen; wie sie drohte, dieser hinterher – „zurück nach Hause ..." – zu laufen und beobachtete sie dabei, wie sie letztlich doch allein den Spielraum betrat und sich unsicher umblickte. Sich die Tränen abwischend und schmollend saß das Mädchen „mit den Haaren" allein auf einem Stuhl, diesen der Ecke zugedreht.

Empathie; Mitgefühl. Das war der Grund ihres Erscheinens. Sie konnte andere Kinder nicht traurig sehen und das Mädchen war ein Kind wie alle anderen. Sie schritt auf das noch immer leicht weinende Mädchen zu; fast engelsgleich klang ihre zarte Kinderstimme. „Wollen wir Barbie spielen?"

Das hübsche, an Sonnenblumen erinnernde blonde Kind reichte ihr außer der Barbiepuppe ein weiteres Geschenk: die eben erwähnte Weise zu leben – einzig und allein durch ihre Freundschaft. Und wenn sie nicht gestorben sind, so spielen sie noch heute – mit Barbies, Diddlmäusen oder Snapchatfiltern.

Belanglose Bahnfahrt

In vielen Großstädten verhält sich die Zeit, als wäre sie allgegenwärtig unauffindbar. Jeder sucht nach ihr, verlangt mehr von ihr. Es scheint, als könne sie keiner beeinflussen im alltäglichen Trott von Familienstress und Arbeitsleben.

Am auffälligsten kommt dies in der Bahn zum Vorschein. Wenn sich Jung und Alt in die Wagen quetschen. Die Jungen dabei die Alten beiseitestoßen, um sich vor ihnen einen Platz auf einem der nicht besetzten Sitze zu ergattern. Dies stellt sich als einfach heraus, da die Alten sich unsicher an den fetten, klebrigen Haltestangen klammernd, in langsam hastender Manier fortbewegen. Es ärgert mich, eine aufmerksame Studentin zu beobachten, welche in sichtlicher Besorgnis um die in Zeitlupe umherschwankenden Relikte aus längst vergangener Zeit, mit Rucksack und durchsichtiger, mit Büchern und Notizblöcken gefüllte Uni-Plastiktragetasche, aufzustehen versucht. „Entschuldigung – mögen Sie sitzen?", höre ich sie einer älteren, auf einen Stock gelehnten Dame zurufen. Die versteinerte Miene der Dame löst sich und die nächste Kurve ließ sie mit einem Satz ungeschickt in den grau mit gelb orangenen Farbflecken versehenen Sitz plumpsen. Erst jetzt bemerkte ich, dass die junge Frau einen kleinen Handgepäckkoffer mit sich führte und ihn umständlich im Gang zwischen all den Schulkindern zu verstauen versuchte. Sie bekam einen verächtlichen Blick der Person zugeworfen, welcher sie aus Versehen ihren Rucksack gegen den Kopf klatschte, weil sie Raum für einige verlassende Fahrgäste machen wollte, da ihr Köfferchen den Weg versperrte. Ungeschickt versuchte sie, sich und ihr Köfferchen im völlig überfüllten Gang zu manövrieren, wobei sie dabei immer wieder auf die versteinerte Wand von Jugendlichen stößt. Diese stehen statuenähnlich und doch recht wackelig im Wagon umher, unsichtig dessen, was außerhalb ihrer sich digital abspielenden Welt gerade vor sich geht. Angestrengt und mit einem angedeuteten „Entschuldigung" auf ihren Lippen, drückt sie sich grinsend an den Jugendlichen vorbei und sucht sich einen halbwegs stressfreien Platz am Fenster.

Fassungslos von der Freundlichkeit dieser offensichtlichen Studentin irritiert mich ihr Verhalten; auch das wundert mich. Doch mehr noch deprimieren mich diese ins Handy vertieften und sich doch gegenseitig anbrüllenden Kinder mit ihrem anti-sozialen Verhalten. Wir neigen dazu, die Probleme anderer nicht so ernst zu nehmen, wie die eigenen ganz persönlichen Probleme. Bei mir ist das anders. Mein Fokus, mein Problem entfaltet sich bei dem Anblick der freundlichen Studentin, welche trotz ihrer eigenen Umstände das Leid der Alten empfand und ohne Widerwillen ihren eigenen Vorteil, ihre eigene Bequemlichkeit für diese Dame einbüßte. Wie kann man nur so selbstlos …?

So aufmerksam, so bereitwillig ihre Hilfe anbietend. „Es sind ja auch nur Kinder, was soll man von ihnen groß erwarten?", entgegnet mir die Mehrheit, wenn ich die Verrohung unseres Miteinanders anspreche. Aber liegt darin nicht der direkte Fehler? Das wir es uns anmaßen, einen bestehenden Mangel an Sympathie und Mitgefühl als akzeptabel zu erachten. Damit will ich nicht sagen: „früher war alles besser." Im Gegenteil – wir lebten schon immer in einem Miteinander, ohne auch nur im geringsten miteinander zu leben. Dieses Phänomen ist mir derzeit am meisten in der Generation meiner Eltern zum Vorschein gekommen. Versteinert, festgefahren und krankgegessen. So sehen sie doch fast alle aus.

Dieses Mädchen jedenfalls hatte eine Ausstrahlung an und um sich, die sichtlich nicht bemerkt wurde – ja nicht wahrgenommen werden konnte. Umringt und eingeengt durch die vielen Schulkinder, welche mit nach vorne ausgerenktem Hals und durchgehängtem Kopf auf ihren Displays herumwischen, konnte ihr ja auch keiner Beachtung schenken. Nicht dass sie dies gewollt hätte, sie hätte sich niemandem je aufdrängen wollen – denke ich. Deswegen glitt ihr scannender, freundlicher Blick stets gleichmäßig durch den Wagon. Hier und da werden Kinder oder ein Hund angelächelt, bis ihre Aufmerksamkeit von einem draußen vorbeiziehenden Ding oder Wesen für einen kurzen Moment beansprucht wird, um die stumpfsinnigen Gedanken wieder mit einem Lächeln weiterzuschicken.

Ich sitze bloß ein Abteil weit entfernt, doch strahlt ihre Wärme bis hierher. Ich fühle mich, als sei ich selbst ein Beobachter, völlig außerhalb ihres Handlungs- und Wahrnehmungsradius. Ein Spanner, welcher sich an so viel positiver Energie und Freude labt. Es mag daran liegen, dass ich einst selbst ein solcher Mensch gewesen. Den guten und rechten Dingen verschworen und voller Lebensfreude und jugendlicher Weisheit. Es ist ein Fehlglaube, zu denken, Weisheit sei ein unerreichbares Ideal, welches von Zeit zu Zeit individuell im späten Alter mit einem gut geführten Leben erworben wird. Oder dass die Weisheit ein Repertoire an Wissen darstellt, welches automatisch, oder gar überhaupt nie, mit hohem Alter erreicht würde. Es ist vielmehr ein Gefühl der Einheit, welches mir im Jugendalter zuteilwurde. Es war ein Fluch, aber auch ein Segen zugleich, die Einheit in mir zu spüren und die gegenteiligen Phänomene des alltäglichen Treibens wahrzunehmen. Ich empfand dieses Lebensgefühl als so kostbar und zeitgleich lebte ich, als sei es selbstverständlich. Ich also – schotte mich ab. Konnte es nicht mitansehen, dass alle meine Bekannten, Freunde, Familie sich zugrunde richteten. Ich wollte zeitgleich Verständnis aufbringen, für diese, die sich bewusst entschieden, ein ebenso ausgeprägtes Gemeinschaftsgefühl entwickeln zu wollen. Ich riet ihnen zu bestimmten Methoden, nannte ihnen bewusstseinsverändernde Lektüre. Ich wusste, ja merkte nicht, wie ich mich abspaltete, mich für etwas Besseres hielt, während ich ein universelles Gesetz des Eins-Seins zu erklären versuchte. Es gelang mir nicht, natürlich nicht.

Ich merkte nicht, wie ich mich abspaltete von denen, die meines Rates, meiner Zuneigung, meiner Liebe bedurften, denn ich war zu beschäftigt mit den universellen Problemen eines gescheiterten Miteinanders gewesen.

All das kommt wieder empor beim Anblick dieser jungen, aufrichtig scheinenden Dame; mit ihrem Dutt und ihrer lässig eleganten Körperhaltung zum Vorschein. Sie strahlte –trotz ihrer oder vielleicht gerade wegen ihrer Anstrengung, jedem in dem eingeengten Bahnabteil Platz zu schaffen – eine enorm offene und aufgeschlossene Art aus. Ihre vielen Strähnen laufen ungeordnet in einem dicken, am Hinterkopf zusammengeknüllten Knoten zusammen. Hier und da entordnete sich eine entgegen der restlichen ungeordneten Ordnung, was ihrem freundlichen

Auftreten absolut keinen Abbruch tat. Ihr grinsendes Antlitz besänftigte jeden Menschen, der nicht mehr an natürliche Schönheit gewöhnt war.

Ihr Alter vermag ich nicht zu schätzen. Sie könnte so jung sein wie die erste Kirschblüte im Mai, doch hat sie zeitgleich etwas eines uralten Eichenbaums an sich. Etwas, was sie sichtlich älter macht, als sie zu sein scheint. Nicht äußerlich natürlich. Schönheit kommt von innen und dieser Grad an Reife ist wunderschön. So schön, dass ich meinen Blick, meine Beobachterposition nicht verlassen, mich nicht von ihr lösen kann. Ich selbst bin in die Jahre gekommen, ein um die Ende fünfzigjähriger Greis, vom Alter und auch äußerlich vom Leben gekennzeichnet. Auch ist meine innere Schönheit längst vergangen – wenn ich sie je besessen hatte?

Erinnern tue ich mich kaum, meine Aufmerksamkeit galt im geringsten Falle mir selbst, woraufhin ich mein Ziel – die Wiederherstellung eines intakten sozialen Gefüges, aus den Augen verlor. Wobei dies viel zu abstrakt, ja viel zu wichtig klingt; schließlich war das all jenes, womit ich meine Zeit verbrachte: Verbessern!

Erst wollte ich die Familienverhältnisse glätten, den ewig ausgetragenen Zwist zwischen Onkel Dietmar und seinem unversöhnlichen Sohn Dietmar. Doch wie? Ich kannte weder Onkel Dietmar noch Dietmar gut genug, um mir von ihrem Jahrzehnte alten Zwist auch nur das geringste Bild machen zu können. Doch maßte ich es mir an, Dietmar irgendwann um Weihnachten 1988 der Unversöhnlichkeit zu beschuldigen, sodass mein Rat der Versöhnlichkeit einer ekstatischen und vulgären Auseinandersetzung zwischen Onkel und Sohn wich. Doch ich lernte nicht; ich biss mich fest! In meine idealen Vorstellungen – die doch jeder teilen musste, sind wird nicht alle ein Teil dessen? – Sie ganz bestimmt.

Man sah es ihr an, es war unvermeidbar, oder man hatte eben nicht sehen gelernt. Die Art Sehen, die am Offensichtlichen vorbeischaut und sich den Tiefen des Menschen widmet. Bei sich und in ihrer scheinbar vertrauten, gedankenlosen Aufmerksamkeit durchleuchtete dieser liebevolle Blick alles, was ihre Visualität streifte. Mir gelingt es zu erheischen, als ihr Fokus auf ein Werbeplakat gerichtet war. Mit skeptischem Blick scheint ihr die darauf stehende Botschaft zu missfallen, was sich durch ein aufgestoßenes Lächeln und einem darauffolgenden, so leichten Kopfschütteln bemerkbar macht, dass ich es beinahe übersehen hatte. Was auch immer dort steht, auf diesem unnützen, einzig profitorientierten Werbeplakat; sie scheint es mit Leichtigkeit verworfen zu haben. Wohl um ihre gute Laune und Positivität besorgt, wendet sie sich lieber dem Knaben im Kinderwagen schräg gegenüber von ihr zu. Einzig die Babykutsche vermag ich von meiner Position zu sehen – doch ich mag mich täuschen, es ist auch belanglos, da es diese Studentin ist, von deren Bann ich nicht ablassen, mich nicht lösen kann. Vielleicht ist es gerade dieser liebevolle Blick, der sich allem – bis auf mich selbst (in meiner Abgeschiedenheit von ihr) – zuwendet. Ein Blick, der mich so fasziniert, mich so in meinen Erinnerungen, Emotionen graben lässt.

Es erscheint mir höchst merkwürdig, da ich mir das Fühlen abgewöhnte – wie viele von uns, die die Ohrfeigen des Lebens nach wiederholtem Zuschlagen nicht verkraften können. Ich musste es – wie diese anderen Menschen eben auch – um meiner Selbst und meines Selbsterhaltungswillens zuliebe tun. Wie sollte ein junger Mensch sich denn auch in so ein prachtvolles, liebevolles – ja ausdrucksvolles – Wesen entwickeln, wenn er den Blick für sich selbst längst vor langer Zeit verlor?

Ich behaupte kühn, ich sei dafür kein Einzelfall, die Regel vielmehr – welche ich stets zu sein vermied und doch zu entsprechen pflegte. Warum? Ich könnte weiterhin behaupten, gar aus selbstloser Toleranz und akzeptanzfördernder Haltung oder Intention heraus. Doch ist jedem, inklusive meiner Wenigkeit selbst, nun verständlich, dass dies nicht nur nie erreicht, sondern ebenfalls nie erstrebt werden konnte; ja niemals in unserer Generation erreicht werden würde.

Dieses aufsteigende, hochkochende Gefühl in mir scheint mir nun gänzlich unbekannt, doch kann oder will ich mich nicht mehr meiner unmittelbar wahrnehmbaren Realität entziehen. Es scheint so lang her, dass ich den Zugang zum Inneren meiner Gefühle unzugänglich machte, absperrte und die Schlüssel dafür hinab in denjenigen Abgrund zu werfen wagte, aus dem ich mich vermeintlich mittels dieser Reaktion emporzuziehen versuchte. Jene Schlucht, die sich mein Jahrgang selber schuf und mit harter Arbeit und viel Geld gegen enorme Kauflust eintauschte und diesen Fehler zwanghaft anstrebte zu kompensieren. Irgendetwas musste uns, musste mir doch helfen, die zerrütteten Verhältnisse des Alltags zu vergessen. Um mehr ging es nicht. Um mehr ging es je irgendwem. Hauptsache, man versuchte, ein sicheres Leben zu führen, seinen Rechnungen und Verpflichtungen und Erwartungshaltungen der Eltern nachkommend. Es durchzuckt mich, ich bemerkte nicht, dass wir uns schon einige Stationen vor derjenigen, von der aus meine Reise in die Vergangenheit begann, entfernt hatten.

Die Zeit blieb stehen damals – tut sie noch immer. In Anbetracht meiner gegenwärtigen Erlebnisse, doch vor allem beim Anblick dieses scheinbar einzig-eigenartigen Menschen; dieser Studentin.

Bei ihrem Anblick bleibt die Zeit stehen. Wahrlich bemerke ich erst jetzt, dass die nächste Station auch meinen Ausstieg aus dem Wagon, aus meiner von wirren Gedanken gefütterten Traumwelt, in wenigen Momenten bevorstehen würde. Ich versuchte, mich aus meinem Sitz aufzurichten, doch merke, wie schwer mein Köper ist. Wie schwer sich die Gelenke meinem Willen beugen wollten, meinen Körper emporzurichten. Meine Hand rutsche kurz den Handlauf entlang und ich erwartete, nun noch recht zügig in den Wagon der Studentin zu stolpern. Wankend eilte ich an den statischen Körpern des digitalen Jugendzeitalters vorbei und versuchte, eine Frau mit einem kleinen Hund im Arm beiseite zu drücken. Ich konnte jetzt nur noch ihr kleines Rollköfferchen im Gang erahnen, aber die Zeit vermochte es mir nicht, den Gang weiter in ihre Richtung zu laufen, da die Bahn zum Stehen kam.

Ich hätt' sie unglaublich gerne, aus tiefstem Herzen, fragen wollen, woher sie die Energie schöpfte, hier in der Bahn freundlich zu bleiben, wie sie es schaffte, zu Lächeln – bestimmt jeden Tag: „Wie schaffst du das, mein Kind? Wie kann ein gebogener Mund so viel Freud' verbreiten; ein Grinsen so anstecken? Weißt du das mein Kind? Weißt du, dass du aufpassen müsstest?"

Das hätt' ich ihr gesagt, gerne hätt' ich das. Aber wie merkwürdig wäre das, wenn ein Greis, der sich im Endeffekt durch seine gerade gewahr gewordene Greisigkeit in seinem Greissein verliert? Einer Studentin freudestrahlend und dann beinahe verzweifelt einen Gefühlsausbruch mitten in der Bahn vorlebt? Nein. Ich folge meiner Verschlossenheit. Ich tue das, was ich für richtig halte, was in diesem Moment richtig scheint.

Ich schaue noch einmal dem abfahrenden Wagon vom Ende des Bahnsteigs hinterher und schließe den letzten Gedanken ab. Vergesse das Mädchen und all die Erinnerungen, vergesse die Reflexionen und das Schwelgen in bekannten, verdrängten und von Grund auf anderen Gefühlen, vergesse den Ausflug in anderen Welten. Ich vergesse die Bahnfahrt; vergesse, dass Vergessen mir nie wirklich geholfen hat und trete wackelig auf die Straße.

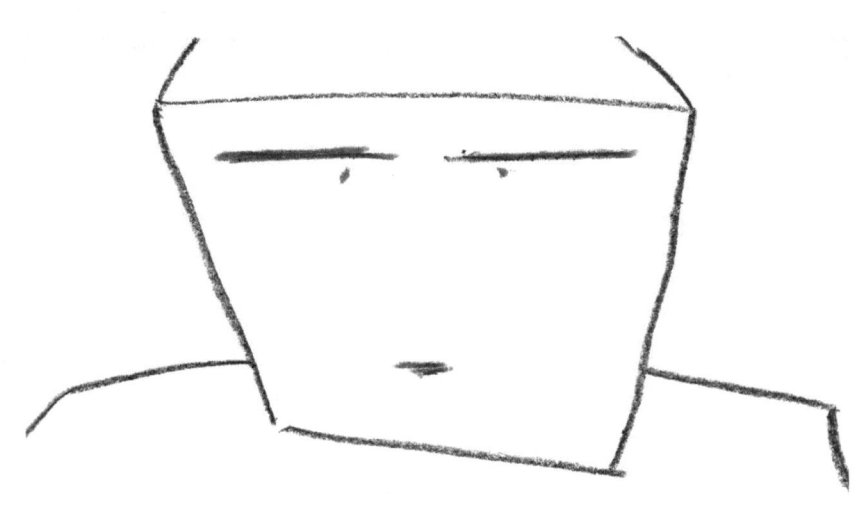

A wise man's tale

There was a moment in which I was asked a lifechanging question by a wise old man.

„If there were different lives to each soul and this soul could be embodied in any human, animal or other form of life. What do you think, your soul would want?", he asked me.

„Mhhh", I replied. For a moment I help up the upcoming silence between us. I was struggling to find, or rather to feel the right answer for me and my soul. Then I tried to embrace the calming moment we created just then. I struggled to deeply listen to myself in that silence. Lucky enough, I was able to catch those quiet whispers that embarked from my soul. They were only possible for me to hear, whenever I was truly present. And right then and there, I was.

A lovely, friendly melody began to play inside my ears and suddenly my heart started to glow. Now I did feel like I had an answer; I just needed to decode the emotions and images this melody had created in my heart with its subtle sweet sounds. A picture had somewhat been painted, with warm and bright colors.

So I finally answered: „I'm not quite sure – I always have a hard time to decide. Especially when it's about choosing out of so many different choices with so many different possible outcomes! But – while I listened closely to my soul and watched the painting that my heart created with its music, I could clearly see and feel the warm colors of a sandy beach and I noticed a refreshing turquoise blue, as I have seen it at the Caribbean Sea. In that moment I felt like I knew what my soul wanted. I felt like, I know: my soul wants to be a palm tree in its next life."

The wise man smiled lightly and nodded softly while asking: „A palm tree? So why you think that is?"

„Well…", I began to respond. „I think in its next life my soul would really love a quiet, beautiful and meditative life – based on the power of the sun, the nurture of the rain and then I'd just help the world with growing beautiful leaves and coconuts; plus I'd be able to freshen the air with my photosynthesis!" I gave the wise old man a huge and happy smile.

„Oh?", the wise man chuckled to himself and gave me a stare, that clearly wanted me to continue to share the insights of my thoughts. So I said: „Yes, I mean. My soul – in it's current form of reincarnation through manifesting inside of me – clearly wants to live an exciting, adventurous and joyful life of love, fun, ambition and happiness. My soul in it's current state is almost restless for new impulses and crazy experiences – but most of all its restless for connections and love in its purest form. It needs to meet people, needs to love people from afar and from up close. My soul loves love, when it knows people well and when it just met someone for the first time. I don't know – I figured, that my soul needs a break from that in its next reincarnation. And in form of a palm tree, I figured, it could get a really good rest."

The wise old man looked somewhat satisfied, then slowly leaned over to me. His eyes intensively stared at me; we were both concentrating on what he was going to say next. „This is truthfully beautiful", he said and I almost missed that little frown between his eyebrows. „Well truly – You have imagined the simple beauty of that plant life, haven't you? Now there's only one part missing." Confused about what he possibly could imply, I raised my right eyebrow to indicate a similar frown as the wise old man had just shared a few moments before. By rotating my hand in circles, up in the air, I basically asked him in the friendliest manner to continue his train of thought.

„It's simple", he started. „You just gave me an idea of your imagination of a perfect and beautiful life as a plant, as a palm tree, right? You showed me the perfect image of what your soul would or could want in its next life. But you know that with light, also comes shadow, don't you? I was just wondering, if you are imagining the shadow sides of your soul's life reincarnated into a palm tree?" And with that having said, he comfortably leaned back into his seat. With an honest smile and a mimic of that friendly hand gesture of mine, he was ordering me to answer him.

„Being given the guess or wild belief, that the next life will probably be reborn sometime in the future, rather than sometime in the past. I would say that from my perspective, the shadow sides would be the missing capability to move. The loss of action – so to speak." He nodded while indicating: „Please continue."

„Well, if a draught would afflict the land on which I grew and lived on, then I cannot leave that beach, nor find me a new or better place to live and grow further. Also, if I were to get sick, I would have no chances of getting healthy again and will die a long, slow and probably even painful death?! But worst would be the fact, that I could not do anything against whatever violent actions that I'd experience or witness to be done to others. Not even when harm would be done to my plant brothers and sisters, right? If I'd know, that in my previous life I had the ability to take actions and put matters into my own hands, then I would hate it, if I wouldn't be able to stand up for myself, nor for my brothers and sisters. I'd hate it, if them or I would get cut down or something else and there would be nothing that I could do about it; I guess only if I was conscious, though. Then this would truly be the darkest shade of this life as I am imagining it. Just think about it: If I got transported from that beautiful beach with those paradise like qualities, just to sit in a big plastic bucket of some 3–5 star hotel area, inside some semi-fancy lobby. Oh my God", it suddenly dawned at me: „or even worse: if I got chopped off, only to fancy the insides of a ridiculous shopping mall."

I stopped for a second, looked at the wise man and was struggling for more accurate, more specific or maybe just more sophisticated and spiritual words. But I couldn't find them, so instead I said: „Those scenarios would let me go or maybe rather stand thru – let me call it – 'hell'. Yea, I think that sums it all up."

The wise man smirked and his face lit up while he was beginning to speak: „I see", he said and his subtle smile grew bigger by the few seconds the silence seemed to enter the void of clarity and honesty, that was just practiced before.

„Maybe this won't be the life your soul would choose in your next reincarnation ...", he then responded with a clear voice. „Why would you say that now?", I instantly yelled in his face. „This also, is very simple", he replied while kindly ignoring my little emotional outburst and then countered it with an outburst of his own, which he communicated with a small but firm shoulder rock and his body moving forward in the chair that he was comfortably sitting in the whole entire conversation.

„Well, to me it seems, as if you're already that palm tree, dear. Let me explain it like this – not telling you that I am correct with this – we're just going to play around with some perspectives a little, right? Since you were able to describe this palm tree life of yours so damn well and detailed to the point, that you were trying to tell me about your insights and emotional inside, shows me that your soul has already lived that life. Either in form of a past life or simply because it took on your imagination as something so real, that it has just lived it, while you were telling me about it. Now your soul knows how that life could be, since it is already a part of yours – 'cause of that very moment.

You would be amazed to know, to what extend small things affect our life choices and perspectives. Never underestimate what a huge impact little experiences – real or fake, experienced or imagined – can have on your soul."

And with that he spoke his last words to me, while he eased himself back into the chair, smiling.

Years

There was a girl once, quite naive and young in her age and spirit. She happened to spend a long time, which in other words mean, some beautiful years with a just as young and beautiful wise man.

As she met him, she was in awe by the things he would say and do. She was excited about him and the world he showed her. The more he showed her, she realized, that there was so much she had known, to show him either, it was a type of symbiosis that she has never encountered before.

Throughout all those years he taught her patience, in the most humble and calm way. It wasn't her strong suit, so he was gentle with her and she felt like she has never been treated like that before. She didn't quite know what he thought of her, she just realized that it made her feel great, strong and even safe at moments. Everything about him made her fall in love with him – but she wasn't thinking, only feeling.

While the time went on and the days went by, the wise man told and taught her to manifest her dreams and gave her a glimpse of how to make them become reality. He helped her picturing her goals, which made her aware that she needed to work hard. And so she did, until she got to the point in which she was simply working towards them – ignoring the self doubt.

He told her to visualize her goals consistently, day by day and that led to her, taking parts of his perspectives as her own. Even more important, that she could see the steps that would get her there, in time. She felt how it would be like to archive one of the many goals she had. Empowering.

She wanted to create a space that was welcoming everyone that had an open mind, a gentle soul and foremost peaceful and creative spirit. A wise man said to her that she should try to focus on that exact thing, this clear picture she had. She could feel the future of that and realized that she already started living in that exact vision she created. Her longing for that would lie heavily in her heart.

As time would go on she started to master these newly learned abilities. She noticed that it was the wise man himself that revoked the wisdom and his own former teachings. Limits were seen, where limitations have never been. She silently wondered, if his change of mind would also affect him to have a change at heart.

And just like so, future unfolded itself.

Wenn aus Kerzen Sonnen werden ...

Zum ersten Mal seit langem wieder; den Stift richtig in der Hand gehalten. Nicht nur zum selber Schreiben, sondern vorerst um den Moment – diesen Moment – und dessen Magie an diese liebenswürdigen Novizen im Raum weiterzugeben. Eine Gruppe von wissbegierigen und voll von Fantasie sprudelnden Kids, die heute lernen wollten, wie es diesen Moment zu erzeugen, spüren und wodurch es ihn festzuhalten gilt.

Eine Gabe, welche jungen Menschen meist abgesprochen wird – dabei war mit Beginn des ersten Gespräches klar, dass sie alle – mehr oder minder – von dieser Gabe profitierten! Von Ihnen wollten sie lernen, wie sie zu gebrauchen, welches Handwerk nützlich und welche Plattformen hilfreich seien. Vor allem schreiben wollten sie und das taten sie.

Unglaublich tiefsinnig; wie Sie es selbst nie von ihnen erwartet hätten. Darin liegt ja schon irgendwie Ihr Schicksal, richtig? Nicht das *Lehrerin sein*; aber das Weitergeben. Nicht wahr?

Das Anzünden von glimmenden Kerzendochten mit Ihrer eigenen – manchmal doch recht schwach flackernden – Flamme.

Wie wertvoll – ich danke Ihnen!

Nur ein – wenn auch kleines – Lichtlein mehr. Es lässt einen ganz eigenen zuvor dunklen Raum in gleißend buntem Licht erstrahlen. Es – das kleine Licht – vermag das ganz allein. Also reicht auch vorerst eines, mag es noch so zaghaft leuchten.

Immer eines nach dem anderen. Wo Sie Recht haben, haben Sie Recht.

In Gruppen wie diesen lässt sich doch immer mehr als eine Kerze, mehr als ein Docht, entzünden und aufglimmen – zum Glück!

Denn je mehr Licht wir als Menschen weitergeben wollen, je mehr Liebe von Menschen entgegengebracht wird, je mehr Verständnis von Menschen gelebt und nicht nur vorgetäuscht wird, desto mehr Lichter erstrahlen am Nachthimmel – hier, heute und überall.

Wie Sonnen:

Ewig strahlend und immerwährend, während andere im schwarzen Loch ihrer Wahrnehmung von gesellschaftlichen Problemen verschwinden, weil denen der Docht längst abgeschnitten wurde. Der Gedanke, Mensch selbst könne der Lichtschalter, das Streichholz oder Feuer sein, welches die Möglichkeiten des Lebens erstrahlen lässt, liegt für mich unglaublich nahe. Einzig die Expansion von Kerzen zu Sonnen darf nicht aus den Augen gelassen werden. Wachstum.

Aus dem Grunde sind Sie und Ihr Handwerk von solch großer Importanz – Sie vermögen es Licht ins Dunkle zu bringen; vorausgesetzt, Sie haben Ihre fackernde Flamme erfolgreich vorm Erlischen geschützt.

FUK QLC

Oh mein Gott! Niemals hätte ich erwartet, dass ich ernsthaft mit 25 Jahren anfange, all meine Lebensentscheidungen zu hinterfragen. Ich mein', ernsthaft: ein Germanistikstudium?

Warum ermutigt uns keiner in der Schulzeit, unseren Träumen zu folgen? Warum ist es so schwer für uns, an uns und unser Selbst zu glauben? Wo ist unser Selbstvertrauen?

Haben wir überhaupt noch welches? Ich bin mir nicht mal sicher, was ich jetzt will – naja –, eigentlich war ich mir noch nie so sicher mit dem, was ich wollte oder eben ganz sicher nicht.

Aber im Endeffekt kommen da wieder diese Gedanken und Zweifel von früher hoch. Ich wünscht, ich hätte sie nie gehört. So hätte ich mir meine QLC[1] erspart.

---

1 **QLC = Quarter Life Crisis**; Und so erschließt sich der Grund des Studiums! Das wissenschaftliche Recht auf das Setzen einer Anmerkung, die unter dem Text einer abgedruckten Seite ruht; ich hab' das Recht auf Klugscheißen; das Recht auf eine gottverdammte Fußnote! Das Germanistikstudium war wohl doch 'ne gute Entscheidung.

… damit nicht umgehen können

Manchmal, da gibt einem das Leben die größten Nackenklatscher. Auch wenn du dich darauf vorbereitest, sogar damit rechnest; ich glaub', dann klatscht es nur noch heftiger.

Du bereitest dich auf eine Situation vor, du wägst die Möglichkeiten ab, du weißt, was auf dem Spiel steht – oder gerade, dass eben nichts wirklich Greifbares auf dem Spiel steht.

Warum also erscheint es dann so plötzlich, so erschreckend, wenn genau das eintrifft, auf das du dich vorbereitet hast?

Ein Beispiel: du weißt, es gibt ein offenes Casting und du gehst davon aus, dass sie vermutlich normale, heißt, weiße Darstellerinnen für dieses semihistorische Serienformat suchen. Du weißt, du entsprichst diesem ebenso semi-normalen Standard – aus mehreren Gründen – in Deutschland eher nicht. Demnach stellst du dich darauf ein; du kannst – nein du wirst diese Kleindarstellerrolle nicht bekommen. Du wirst vermutlich scheitern.

Dann aber befindest du dich in der Situation – Hoffnung baut sich auf –, vielleicht wird es ja doch was?!

Und dann schauen sie dir ins Gesicht, während sie dir erklären, dass sie für die Produktion keine zu stark gebräunten, vor allem keine solariumgebräunten Menschen benötigen … Du schluckst. Was für Solarium? Sie sagen den schönen Frauen neben dir, dass ihre schulterlangen Haare etwas gekürzt werden müssten.

Du schaust an deinen langen Haaren herunter; du identifizierst sie in bewusster und doch erschreckender Selbsterkenntnis als Locs … mit definitiv über die Schulterlänge hinausgehender Länge. Du schluckst; nochmal. Und sie schaut dir erneut eindringlich ins Gesicht, dann an dir herunter vielleicht sogar mit ein wenig Mitleid.

Du fragst beinahe selbstbeantwortend, ob die Haare ein Problem wären. Sie bestätigt dies mit einem seichten, wie intensiven Nicken und fügt hinzu, dass sie dich sofort genommen hätten, wären da nicht diese Haare; diese *Dreads*. Du nickst nun ebenfalls bestätigend, verständnisvoll – du hattest es ja auch schon vorher gewusst, dich prinzipiell gedanklich darauf vorbereitet.

Aber in dem Moment kannst du einfach nur schlucken; ein riesiges Schwert herunterschlucken, welches sich seinen Weg durch die Stimmbänder hinunter bis ins Herz bahnt; es gemeinsam mit deiner Seele zersticht und die Träume aus dem gesamten Leib schneidet. Erneut – wiederholt. Die leidig unliebsamen Träume, welche sich in Form von Hoffnung einen Weg in mein Herz gebahnt hatten und nun, mit dem Betreten der Hotellobby und dem ersten Ausfüllen des Castingbogens, erneut geweckt wurden. Wären sie doch nur schlummernd vor der Tür geblieben, diese Träume.

Wär' ich doch lieber vor der Tür geblieben; wär' ich vielleicht doch lieber zu Haus geblieben!

Du ärgerst dich über diesen Haarstil. Du ärgerst dich noch mehr darüber, dass du dich darüber ärgerst, dass du diesen Haarstil trägst. Du ärgerst dich noch mehr darüber, dass sie wahrscheinlich davon ausgingen, dass du für eine Kleindarstellerinnenrolle diesen Haarstil nicht ändern wollen würdest und ärgerst dich erneut darüber, dass sie damit ja auch höchst wahrscheinlich recht behalten hätten.

Ich kann gar nicht sagen, ob es die erneute Reduzierung auf mein äußeres Erscheinungsbild oder die bloße, soeben erfahrene Zurückweisung war, aber der Schmerz saß tief und ich spürte, wie sehr ich es – das professionelle Schauspielen – gewollt hatte, wie sehr ich an meinem Kindheitstraum festhalten wollte. Doch hier kamen erneut kamen die Zweifel aufgrund meiner Äußerlichkeiten hervor – zunächst bei den Casterinnen und dann bei mir. Schon damals in der Schule hatte ein Mitarbeiter des Jobcenters mir beim Berfuserkundungstag erklärt, dass Menschen *wie ich* in der Deutschen Film- und Fernsehlandschaft doch eh nicht vorkämen und ich demnach schlicht ergreifend keine Arbeit finden würde, wenn ich den Weg als Schauspielerin hätte einschlagen wollen. Brotlose Kunst. Da war ich vielleicht gerade 15. Auch die eine Schauspielschule, die ich damals telefonisch kontaktierte, um mich über den Bwerbungsprozess zu informieren und dann von genau dieser Erfahrung berichtete, empfahl mir, es dann doch einfach sein zu lassen mit dem Bewerben. Also musste da ja was dran sein, dachte ich mir. Ich passe nicht.

Weder in Schloss Einstein, noch bei den Pfefferkörner oder keine Ahnung UnterUns und fucking GZSZ spielten damals BIPOC-Darstellerinnen und Darsteller zu meiner Zeit mit tragenden Rollen mit. Ich hab's denen also einfach geglaubt – dass man mich nicht brauchen würde; dass wir hier in Deutschland unsichtbar sind.

Doch nun stand ich dort – hatte meinen ganzen Mut nach dieser vergangenen Dekade zusammengenommen und einen erneuten Anlauf gestartet. Und doch wurde ich mit dem Konfrontiert, was mir den Mut vor all den Jahren genommen hatte…

Dennoch – heute hatte diese Tür ihren winzigen Spalt für einen kurzen Moment geöffnet! Und nun ist alles, was bleibt von dieser ganzen Geschichte, der Ärger; der Ärger über sich selbst – zumindest für eine kurze Weile.

Und du wusstest, es würde so kommen. Vorher und währenddessen.

Und trotzdem…

Du wusstest, dass du scheitern würdest, und es schlug dich nun dennoch unvorbereitet nieder …

Hätt' ich mich doch nur besser aufs Versagen vorbereitet …

dann …
dann …
dann hätt' ich wohl trotzdem nicht mit der Enttäuschung umgehen können.

ESE's TOTD

Wenn er/sie/es – im folgenden nun ESE genannt – einfach losschreiben will, dann fragt ESE sich folglich, was ESE am meisten berührt. Das was ESE berührt, berührt auch viele andere und Emotionen lassen sich nun mal am besten weitergeben. Sie lohnen sich zu teilen – Immer.

Wenn ich nun überlege, welche Emotion sich nach dem Gespräch ergibt, also dem Gespräch über den Sinn des Lebens – PAH –, unseres Lebens, dann spüren wir zunächst die Kälte.

Die eisige Stagnation der Verzweiflung zieht ein; verzweifelt über die Situation, in der ESE sich befindet und verzweifelt über die Zukunft, die ESE für uns sieht. Angenommen, ESE versucht zu sehen und zu schlussfolgern, welche Versuche getätigt werden müssten, um zu einer besseren Zukunft zu gelangen.

Aber wie wir bereits lesen durften; meistens hilft es einfach anzufangen – irgendwann muss man doch; will man doch einfach endlich anfangen. Aber das weißt du schon – ESE auch.

Und was stellt ESE fest; jetzt in diesem Moment? Da der Versuch der Artikulation von etwas so essentiell banalem und allumgebend Entziehenden sich doch allmählich zu etwas entfalten sollte. Eine Realisierung, eine Offenbarung! Die Verzweiflung vergeht; sie verzieht sich mit der Frühlingssonne. Als würden Vögel über unseren Köpfen beginnen, ihre lieblichsten Lieder zu singen und dir zurufen: „... sieh, mit dem Einkehren der Wärme vergeht sie, die Kälte!"

ESE glaubt, ESE meint zu fühlen, dass es Hoffnung gibt. Im Endeffekt sogar Hoffnung auf alles, sobald man sich länger damit beschäftigt als nur einige gedehnte Sekunden; solange es mehr bleibt als nur ein Gedanke.

Denn wenn wir einen Gedanken haben, der uns bewegt und/oder beschäftigt, dann sollten wir ihn festhalten, nur für einen kurzen Moment; in unseren Köpfen. Und dann: multiplizieren!

So wie ESE jetzt in diesem Moment den Gedanken der Verzweiflung auf Papier hat festhalten wollen. ESE hat den Gedanken materialisiert, dadurch multipliziert. Ist ESEs Gedanke nicht nun für dich und mich zugänglich; quasi sein eigenes Kapitel? Doch – Hervorragend!

Loslassen scheint erst möglich, wenn wir genau wissen, worum es geht? Klar – wie soll ESE etwas loslassen, wenn es sich um einen Eindruck, eine sekundenartige Emotion oder gar Eruption handelt; aber nicht um ein Etwas, etwas Greifbares; einen Gegenstand; eine Sache? Jetzt ist es greifbar geworden.

So konnte ESE ihn loslassen, den „Thought of the Day", und umwandeln; zu ESEs Vorteil, zu universeller Hoffnung; Loslassen für unsere schillerndere, nicht ganz so schock-gefrorene Zukunft.

Tiefseeäen

Eines Morgens ging ich auf den Balkon, zum Sinnieren & Meditieren in der Früh'. Die Sonne strahlte mich an und ihre Strahlen legten sich auf meine freie Haut. Die leichte Brise tanzte um meine Armhärchen herum und ich sog die frische Luft erst tief in meine Nase, dann tief in mich hinein.

Einatmend – ausatmend; einatmend – ausatmend; einatmend – ausatmend.

Und da war ich. In einem Land voll sanfter Flötentöne. Ein seicht schlagender, in der Ferne ertönender Gong oder eine Klangschüssel. Wurde ich an irgendetwas erinnert? Mir wollte nicht einfallen, was es war.

Da sah ich ein Mädchen in diesem Land. Erst in der Ferne, doch dann schien ihr Bild immer näher zu kommen. Sie trug einen Bastkorb mit sich und spielte in ihren zarten Händchen mit kleinen Samenkörnchen. Gemächlich ließ sie sich an einem Feld nieder, das einem großen See gegenübergelegen und von pittoresken Bergen mit funkelnden Schneespitzen umgeben war. Sie lockerte den Boden und sprach lieblich zu jedem Korn: „Dieser Samen für einen seelischen, aber auch materiellen Reichtum in der nahen Zukunft; dieser soll alle Menschen, inklusive mir, Zufriedenheit und ein Gefühl von Erfülltsein schenken; dieser soll wie ein Phönix negative Glaubenssätze verbrennen und neue, positive Affirmationen entstehen lassen; dieser Samen mag uns Gesundheit schenken, uns allen; und bei diesem freue ich mich darauf, Mut, Widerstandsfähigkeit und Durchhaltevermögen zu säen; dieser soll mich mit einer reinen Zunge segnen und dafür sorgen, dass mein Einklang mit mir selbst sich auch nach außen im Gespräch mit anderen zeigt, um Missverständnisse meiden zu können; und diesen Samen pflanze ich für das Streben nach meinem besten Selbst, jeden Tag; nun diesen letzten Samen stecke ich tief in den Boden, damit sich ein dichtes Wurzelwerk für das Gedeihen von Geduld und Vertrauen ausbreiten kann …"

Zufrieden lächelte sie, nachdem sie die frischen Erdwulste mit einer einfachen, blechernen Gießkanne wässerte. Sie hielt einen Moment inne – nun heißt es abwarten, Vertrauen haben und Geduld üben. Sie schaute sich um – sie erkannte einen kleinen braunen, nur etwa 30 cm hohen und mit feinen Verzierungen geschnitzten Schemel; mit grün gepolsterter Oberfläche. Komfortabel und friedlich. Sie sah mit leicht angestrengtem Blick der Sonne entgegen, visierte das gegenüberliegende Seeufer an und schloss alsdann friedlich ihre Augen. Einatmend – ausatmend.

Und wieder fand sie sich am Seeufer auf dem kleinen Schemel wieder, doch es schien eine andere Uferseite zu sein, denn sie konnte nun die Bergspitze von einem anderen Winkel aus betrachten. Erneut schloss sie die Augen. Einatmend – ausatmend.

Doch widererwartend fand sie sich nirgends wieder. Ich fand sie nirgends wieder. Wir waren weg.

Und ich war zurück auf dem Balkon – im pluralen Singular.

Rückkehr zu den Tiefseeäen

Eines anderen Morgens ging ich wieder auf den Balkon. Zum Sinnieren und Meditieren.

Heute war der Himmel grau. Die Sonne versuchte sich durch die behangene Wolkendecke zu pressen; erfolglos. Doch ich setzte mich und war bereit, den kalten Wind um meinen Kopf und Körper wehen zu lassen. Die Luft und dessen Ruhe zu spüren. Ich atmete tief ein und aus. Und fand mich als bald wieder in der Idylle vor dem ominös still wirkenden See. Ich kannte das Bild, kannte das Gefühl und erkannte das Mädchen – erkannte mich – wieder, mit gefalteten Beinen und geschlossenen Augenlidern am Ufer sitzend. Diesmal konnte ich sie, konnte ich mich meditieren sehen; ganz bewusst. Ich atmete tief ein und wieder aus.

Ich wusste, wo ich mich befand. Ich hörte die Vögel singen und den Wind brausen. Ich genoss den Moment der Stille und den Hall aus Nichts, außer melodische Klänge der Natur. Noch ein letztes Mal atmete ich fest ein und stieß den warmen Odem wieder durch meine Nase aus – ich öffnete die Augen und schaute auf die ruhige Spiegelung der Bergspitzen im Wasser vor mir.

Ich erinnerte mich an die Samen, die ich bei meinem letzten Besuch im Tale hier hinter mir ausgesät hatte. Entschlossen, meinem bestellten Feld einen Besuch abzustatten, richtete ich mich auf und sah mich um. Plötzlich war ich leicht verwirrt, denn ich entschloss mich, einen kleinen schmalen Weg entlangzuwandern, anstatt irgendwo hinter mir das besagte Tal ausfindig zu machen und dort nach kleinen, mit Sprösslingen versetzten Erdhäufchen am Boden zu suchen.

Also spazierte ich den kleinen, mit hübschen Pflanzen besetzen Weg entlang. In meinem Wissen, dass ich auch dort mein Feld nicht finden würde, kehrte ich dennoch auf einen holprigen Trampelpfad ein. Eine Weile lang verlor ich mich in dem märchenhaften Idyll meiner Fantasie, jagte sämtlichen Bachläufen, tanzenden Baumkronen und vor Sonnenschein strahlenden Lichtungen nach. Ich genoss diese Bilder, bis ich mich blitzartig wieder erinnerte. Unruhe kroch in mir hoch. Ich erkannte, dass ich Panik um die Ernte meiner Samen empfand.

Hastig machte ich kehrt und vergaß das Gefühl der Erfüllung dieses just gelebten Moments. Ich wollte nur eines: ernten. Ich schaute mich um und bemerkte dabei, dass ich in meiner unreflektierten Eile gänzlich die Orientierung verloren haben musste. Erschrocken von der Tatsache, dass ich mich an diesem Ort tatsächlich habe verlaufen können, fasste ich den Entschluss, meiner Unsicherheit eifrig Folge zu leisten. So ließ ich die unglaublich euphorische Freude der Prokrastination hinter mir, ohne zu merken, wie wertvoll sie mir in diesem Moment gewesen war.

Dennoch – das Feld wurde sich nun zum Ziele gesetzt, denn es musste doch nun wahrlich Zeit sein für die Ernte! Doch ich lief und lief und fand aus dem Wust aus Baumgeäst und Dickicht plötzlich nicht mehr heraus. Die Panik stieg an, denn ich wollte unbedingt ernten, unbedingt an den Ort zurück, an dem ich die Früchte meiner Handlungen bergen sollte.

Plötzlich raschelte es über mir, dann neben und kurz darauf wieder über mir. Ich hörte ein leichtes Knacken von den spröden Ästen über meinem Kopf. Kaum später, direkt neben mir, bis nur ein Moment der Unachtsamkeit verstrich und mir sodann mit einem Satz ein Eichhörnchen den Weg blockierte.

Erwartungsvoll schaute es mich an – ich schaute zurück; ebenso erwartungsvoll. Ich fühlte mich recht dämlich, es nach dem Weg zu meinem Feld und meinen ausgesäten Samen zu fragen; andererseits, schien das Eichörnchen Bewohner*in(?!) dieses Ortes zu sein, also warum es nicht versuchen?

Noch immer in erwartungsvoller Erdmännchenhaltung, schaute es mich mit seinen runden kaffeebohnenbraunen Augen an. Ich beugte mich ein Stück herunter und grinste. Es bewegte sich nicht. *Das musste ein Zeichen sein*, so dachte ich mir und lehnte mich auf allen Vieren zu dem kuschelig wirkenden Tierchen herunter. Noch immer keine Regung, keinerlei Bewegung, nur ein aufforderndes Blinzeln, *vielleicht sogar etwas hilflos*, fragte ich mich?

Ich schaute ihm tief in die Augen und wusste, ich würde zwar mit ihm reden können, aber vermutlich keine Antwort auf meine Frage erhalten. Dafür schienen die Augen des Tieres zu unfokussiert und von Zweifeln meliert – der Blick fühlte sich bekannt an.

Ich holte also tief Luft und wollte gerade zu sprechen ansetzen; für das Formulieren meiner Frage an ein Eichhörnchen, selbstverständlich. Da regte es sich plötzlich in hastiger Bewegung und drückte sich, recht flink sogar, mit seinen Pfotenhändchen vom Boden ab und sprang mir mitten auf den Kopf. Ohne zu wissen, wie mir geschah, lief das Eichhörnchen wirr auf meinem Kopf herum, von links nach rechts und dann wieder von rechts nach links. Dann verfing es sich in den Locs meiner Haare und riss einzelne Strähnen heraus, wenn es versuchte, sich zu befreien. Währenddessen versuchte ich bereits aufzustehen und meine Balance nicht zu verlieren – auch wenn es sich nur um ein Eichhörnchen handelte, nicht etwa einen Elefanten.

Nun begann ich zu zweifeln, ob ich mich mit ihm hätte unterhalten können; ich hatte den Blick vermutlich falsch aufgefasst. Noch immer flitzte das Eichhörnchen ziellos auf meinem Kopf hin und her, ohne dass es überhaupt den Anschein machte, mich als einen kopftragenden Organismus, auf dem es sich befand, wahrzunehmen. Mit meiner linken Hand versuchte ich, dem Tier auf mir sachte zu deuten, dass es sich einen anderen Ort zum Herumrennen suchen solle; doch ich war mir nicht sicher, ob es meine Hand überhaupt bemerkte. Ich spürte nur, wie es weiterhin hastig auf meiner Schädeldecke herumlief und sich dann einen Weg entlang meiner Schulter bahnte, aber dann wieder emporlief und meine rechte Schulter entlang zu rennen versuchte. Dort schien es mehr Halt zu haben, da meine Haare auf dieser Seite zu einem Wasserfall aus Locs zusammenfielen und dem Eichhörnchen so eine bessere Stütze zu sein schienen.

Noch immer flink, doch diesmal zeitgleich zaghaft, bahnte es sich seinen Weg von meinen Locs in mein Gesicht; es platzierte sich mit nur einem Sprung direkt auf meinem Schlüsselbein und bohrte seine Hinterpfötchen dabei leicht in mein Fleisch. Es schaute mir nun tief in ein Auge und atmete kraftvoll mit leichten Luftstößen durch sein kleines, aufregend tanzendes Näschen.

Soeben wollte ich deshalb erneut zur Frage ansetzten, wollte wissen, ob es weiß, wo ich meine Samen ausgesät und mein Feld bestellt hatte. Doch ich wurde in Gedanken wüst unterbrochen. Das Tierchen bohrte seine Hinterpfötchen erneut in mein schlüsselbeinbedeckendes Fleisch und drückte sich dann mit einem gekonnten Sprung davon ab, um mit seinen Pfötchen auf meinen Lippen zu landen. Nun musste es nicht einmal mehr meinen Kopf zu sich herunterziehen; unsere Blicke trafen sich unvermeidlich und innig teilten wir diesen stillen Moment.

Doch dann sah ich, dass es wusste, was ich es hatte fragen wollen. In dem Augenblick der Realisation sah es mich mit ernstem Blick an und schüttelte den Kopf. Dieser Blick traf mich mitten ins Herz. Erneut wollte ich zum Reden ansetzen, diesmal jedoch, um mich für meine dämliche Dreistigkeit rechtfertigen zu wollen, doch auch das unterband das Eichhörnchen in geschickter Manier, indem es seine Pfotenhändchen sachte und doch mit Nachdruck auf meine Lippen presste und mich so am Sprechen hinderte. Ich war ganz in Bann des Hörnchens.

Da ergriff es plötzlich das Wort: „Du hast es nicht verstanden?", fragte es in einer eher tiefen, leicht verrauchten, aber doch recht weiblich klingenden Stimme.

„Da wolltest du wirklich ein Eichhörnchen um Rat nach deinen vergrabenen Mantrasamen bitten? Du weißt doch sicher, wie das mit uns Hörnchen ist, oder nicht? Wir neigen dazu, unsere Saaten zu vergessen. Ich find doch meinen eigenen Vorrat selber nicht. Bin da leider zu sehr im Moment …", gab es zu und zuckte die Achseln, während es für einen kurzen Moment den Blickkontakt abbrach, nur um ihn darauffolgend wieder mit mehr Bestimmtheit aufrechtzuhalten.

„Wie sollte ich dir helfen können? Ich mein, ich kenne dich und habe dich beim letzten Besuch schon beobachtet. Eifrig und zielstrebig warst du am Werk! Sogar das regelmäßige Gießen hattest du in deiner Ungeduld vergessen. So eilig hattest du es, deinen Ertrag zu sehen! Wie stellst du dir so eine ertragreiche Ernte vor?", fuhr es mit der mir immer bekannter werdenden Stimme fort.

Ich wollte antworten, doch es schüttelte erneut den Kopf und ließ mich eindringlich wissen: „Es bringt dir nichts, wenn du nur dem Wunsch allein nachjagst, die Früchte deiner Tatensamen zu ernten; du kannst jeden Tag aufs Neue hierherkommen und dir deiner sicher sein, ein leeres Feld zu entdecken. Ganz egal, wie sehr du dir erhoffst, nun endlich einen Korb voller genüsslicher Dinge mit dir heimtragen zu können. Hast du dir überhaupt mal überlegt, wie? Wie würdest du die Früchte der Erkenntnis von diesem Ort in die Realität bringen, hmm? Wofür all diese Mühen, wenn du diesen Ort hier nicht kennst? Wozu dir einreden, sich in Geduld, Müßigkeit und Vertrauen zu üben, wenn du hier keines dieser Dinge lernen willst, sondern bei deinen Entdeckungsreisen sinnlosere Ziele verfolgst?"

Das Eichhörnchen richtete sich auf und platzierte dabei wieder beide Händchen in meinem Gesicht. Es zog es näher an sich heran und sprach in leicht sarkastischem Ton: „Schau dich an! Du entdeckst ein dir den Weg versperrendes Eichhörnchen, gehst davon aus, dass du mit ihm sprechen könntest, und doch dreht sich dein erster Gedanke um dich selbst! Du fragtest dich, wie ich dir nützlich, dir hätte dienlich sein könnten und definiertest für dich selbst, was du von mir brauchst. Das Prekäre an der Sache: ich weiß, dass du die Menschen da draußen, deine Lieben um dich herum nicht so behandelst, ihnen mit der größten Aufopferung entgegnest ... Also? Warum dann aber mich? Warum wolltest du was von mir, ohne dass du überhaupt eine Ahnung davon hast, wer oder was ich bin? Warum willst du mich nicht kennenlernen, hmm?"

Diese letzte Auflistung an Fragen schien in alarmierender Lautstärke den ganzen Wald um uns herum aufgeschreckt zu haben. Wir starrten einander beide sprachlos an. Die Augen des jeweils anderen forderten uns gegenseitig heraus. Eine Art motivierende Provokation. Es sah, dass ich nichts zu sagen hatte, nichts zu sagen wagte und entschied sich deshalb dazu, seine Pfötchen von meinen Lippen zu nehmen. Ich verstand nicht; also versuchte ich den Moment der Stille mit einem stockend, fragenden „Aber ..." zu durchbrechen.

Voll genervter Enttäuschung drückte sich das beigebraungoldene Hörnchen von meiner Unterlippe ab, hinterließ eine leicht blutende Furche und saß dann bereits zusammengezogen auf meiner Nase – noch immer den Blickkontakt streng aufrechthaltend und auf mich herabschauend.

„Hör zu", begann es in strengem, doch verständnisvollem Ton: „deine Reise ist zu Ende! Du hast dich verrannt. Du hast weder dich noch mich als dich erkannt! Nun schließe die Augen und hör dir zu; du weißt doch, all das Säen wird dir nichts bringen; kommst du zum Selberkennen nicht dazu ... Triffst du dich das nächste Mal als ich, dann frag mich bitte nicht ...

Schließlich sind wir eins und zu denken, ich wüsste mehr als du, das ist eher dreist – ich hätte doch geholfen sonst, wie du sicher weißt. Das nächste Mal also, wenn du dich nicht in mir erkennst, dann wirst du dich erneut in den Tiefen deiner Selbst verrennen. Komm also nicht mit so 'nem Scheiß auf mich zu – es sei denn, du willst uns beiden etwas Gutes tun!"

Mit diesen semi-beflügelten Worten beendete es seine monologartige Ansprache und drückte sich ruckartig noch ein Stückchen höher, sodass es sich mit seinen Pfötchen an meiner Stirn festklammerte und genug halt mit seinen Hinterpfötchen auf meinem Nasenbein finden konnte, um mir einen langen Kuss zu geben; genau zwischen Stirn und Augenbrauen. Ich genoss den Moment der geteilten und doch mir eigenen Selbstliebe. Ich schloss die Augen und öffnete sie wieder, nach einem ebenso gleichmäßig tiefen Ein- und Ausatmen.

Ich öffnete die Augen und erschrak; ich schaute mir selbst ins Gesicht; meine Augen geschlossen, den gerade abgesetzten Kuss genießend, halte ich meinen eigenen Kopf mit beigegoldenen Pfötchen fest. Ich schaute an dem auf mich übergroß wirkenden Körper herunter und erkannte mich jetzt verloren, mich einem Eichhörnchen hingebend auf dem Waldboden hockend, wieder. Ich selbst thronte in Form dieses erstaunlichen Tierchens auf meiner Nase, direkt auf meinem Gesicht.

Da erblickte ich in meine großen, sich mit einem aufmerksamen Wimpernschlag öffnenden Augen. Sofort fokussierte mich meine eigene Iris; ich konnte die Spieglung meines Eichhörnchenkörpers sowie mein fragendes Gesicht in der dunkelbraunen Fläche meines leicht wässerigen Augapfels sehen. Erwartungsvoll und doch determiniert schaute es, das Eichhörnchen, das nun ich war und bereits vorher ein Teil meines ich's war, mich an. Mit verschränkten Armen fragte es, fragte ich mich: „Jetzt aber, verstehst du?!"

Und schon saß ich mit verschränkten Beinen und Armen wieder auf meinem Balkon und ließ erstaunt den kühlen Windhauch an mir vorbeiziehen.

Tiefseeäböden

Wochen, vielleicht vergingen gar Monate, in denen ich während meiner morgendlichen Meditation nicht mehr an den Ort zurückgekehrt war. Ich vergaß das schöne, ruhig gelegene Bergtal nicht; aber etwas in mir blockierte mir den Zugang dazu. Den Ort, an dem ich die Samen ausgesät und ein personifiziertes Eichhörnchen getroffen hatte, überhaupt erreichen zu können schien mir absurd. Meine Seele oder Geist oder Bewusstsein oder alles zusammen – call it as you like – schien sich lieber anderen Bildern, Problemen, Wünschen und Zielen widmen zu wollen, um den Alltag und dessen Schicksalsschläge fantasievoll zu verarbeiten.

Heute jedoch saß ich erneut entkleidet in der Morgensonne auf dem Balkon, schaute in die sonnige Leere und beobachte das sanfte Wiegen der Baumspitzen, die mir zum Greifen nahe erschienen. Die Beine verschränkt, die Arme locker auf meine Oberschenkel abgelegt, die Handflächen sachte und ohne große Mühen nach oben, gen wolkenlosen Himmel gerichtet. Es war warm und ein Sommertag.

Wie immer atmete ich ruhig und doch bestimmt – ein und aus. Ich konzentrierte mich auf nichts weiter als die Entspannung und Sicherheit, die ich in dieser Routine des „Zu mir Findens" für mich entdeckte. Ich also schloss die Augen und ließ die angenehme Dunkelheit mich umgeben. Ich atmete tief ein und wieder aus. Ich war ganz ruhig. Bei mir. Umgeben von nichts als meinen murmelnd flüsternden Gedanken. Hier fühlte ich mich wohl. In diesem Moment fühlte ich mich wohl.

Für eine Weile verharrte ich in der erquickenden Einsamkeit. Beobachtete, wie meine Gedanken von einem Thema zum nächsten sprangen, was sie alle untereinander verband. Ich nahm die Beobachterinnenposition über mein eigenes Unterbewusstsein und Bewusstsein ein und verlor mich gänzlich in einem ungewohnt gewöhnlichen Gefühl von Ganzheitlichkeit. Wie lange ich so meditierte, kann ich wahrlich nicht benennen; es spielt auch keine Rolle, da ich diesen Stream of Consciousness nicht hätte unterbrechen wollen, hätte er auch drei Tage lang angehalten. Doch das Gefühl verflog nach einer langen Weile und ich beschloss, meine Meditation zu beenden und meine Augen zu öffnen.

Also öffnete ich meine Augen. Doch zu meiner Überraschung befand ich mich noch immer von Dunkelheit umarmt. Ein kurzer Moment der Freude durchströmte mich. Ich schien so konzentriert zu sein, dass ich meinen Geisteszustand nicht hatte einschätzen können und so gänzlich mit mir, meinen Gedanken und der Abwesenheit von Stress, Druck und Selbstzweifel alleine war. Ich wusste nur, ich war da. Obwohl ich nicht den blassesten Schimmer davon hatte, wo *da* war. Drum wusste ich nichts. Ich wusste einzig, dass ich war. Ich war. Es gab kein Ziel, es gab nichts, dass sich zu verfolgen lohnte, kein Feld, keine Samen, kein Eichhörnchen, das ich sehen wollte. Nur ich war. Das reichte mir; zur Genüge.

Da merkte ich, wie sich etwas auszubreiten oder zu strecken schien. Ich wusste nicht, welcher Teil meines Körpers dieses Gefühl ausgelöst hatte. Ich schaute an mir herunter, doch ich erkannte, erahnte nichts ...

Und in diesem Moment war ich mir nicht sicher, ob ich nur daran gehindert war, meinen Körper zu sehen, da die mich umhüllende Dunkelheit völlig vereinnahmend umklammerte. Oder es daran gelegen hatte, dass ich schließlich nur war – ohne Form, ohne Hülle?

Ich schien von meinem Körper abgelöst; schwebte allein in dieser Sphäre aus Allem und Nichts. Es schockiert mich nicht; macht mir keine Angst – ich bin die Ruhe selbst. Es fühlt sich gut an, mich in diesem wohligen Nichts aufzubreiten, es nun selbst zu vereinnahmen, anstatt es mich umhüllen zu lassen. Massig Positivität und guten Willen – noch mehr Liebe – ließ sich und ließ ich in dieses Nichts fließen; ich hatte nicht unmittelbar das Gefühl, etwas zu bewegen, aber ich versuchte, mich nun darauf zu fokussieren und mich nicht von meinem Fluss ins Nichts ablenken zu lassen. Denn ich spürte sehr wohl, dass sich etwas auf dem Weg zu mir befand – ich nahm eine Schwingung wahr, bevor ich wusste, was es sein würde.

Und plötzlich ergründete sich mir die Frage nach dem *Was* – ein Ton. Ich spürte eine Vibration, gleichmäßig und dumpf vor sich her pulsieren. Natürlich lebte ich und ich war mir dessen bewusst, demnach konnte ich den Ton vom regulären Klopfen meines Herzens von diesem sehr wohl unterscheiden – aber ich spürte, dass sich etwas in Gang gesetzt hatte – nicht also mein Herzschlag, dieser schlug, seit dem ersten Atemzug meines süßen Lebens. Ich spürte eine Art Veränderung mit der Regelmäßigkeit dieses Tons. Oder spürte ich doch nur den allgegenwärtigen Wandel der Dinge? Spürte ich den Puls des Lebens; das *Alles* im zeitweiligen *Nichts*?

Ich genoss die unsichtbaren Verschiebungen und Verdrehungen, das Strecken in alle Richtungen und das spürbare, doch nicht sichtbare Wachsen. Erfahrungshungrig nahm ich die Eindrücke, die Emotionen, die gefühlten Bilder in mir auf und gab mich völlig dem Ungewissen hin. Ich mein, hätte ich hier nicht die Möglichkeit, mich komplett selbst auszuoder eher all das, was mich *mich* macht in gewisser Form, wegzulöschen und mich komplett neu zu erschaffen? Ich wollte es wagen; wollte tiefer in der Materie des Nichts versinken – nicht jedoch in der Melancholie des Nihilismus – wollte weiter abtauchen und den Grund erreichen.

Ich vermag nicht zu schätzen, wie lang ich dort verweilte. Mir verging jegliches Gefühl für Zeit und Raum. Einzig die Wärme, die Kälte, die Geborgenheit, die Sorge, die Gewissheit und die Zweifel strömten durch mich hindurch. Nährstoffe des Lebens, gar des Universums oder der Galaxie? Denn sie helfen beim Wachstum; das ist nichts Neues. Dennoch war das Gefühl in seiner Vollkommenheit eine völlig andersartige Erfahrung. Und ich bekam nicht genug von ihr.

Ich inhalierte den Rausch an … tja, an was eigentlich? Ich hätte es kaum in Worte fassen können, da die Limitation der Worte manchmal ein gewisses Maß an Unverständnis eines Themas voraussetzt; also kann ich es auch gleich lassen. Einzig die Worte *Alles* & *Nichts* könnten es in ihrer fehlerhaften ~~UN~~Vollkommenheit wiedergeben. Ein Opium für die Sinne; die in dieser Sphäre scheinbar auch ihr eigenes Leben und ihre eigenen Fokusse zu setzen schienen. Ich vernahm so vieles und doch vernahm ich gar nichts; zumindest in Bezug auf meinen Zustand oder meinen Ort – aber es war mir auch egal.

Die Unwissenheit löste in mir weder zu viel Hektik, noch zu wenig Zweifel aus. Ich blieb ruhig und war von Grund auf zufrieden. Ja, fast erfüllt. Und ganz in diesem Modus der totalen – lasst es mich wie folgt nennen – unbegründeten Zufriedenheit vernahm ich eine intensive und eindringliche Wärme. Ich meinte, sie auf meinem Kopf verorten zu können, was jedoch eher wenig Sinn ergeben sollte, denn ich hatte keinen Körper, jedenfalls vernahm und sah ich ihn nicht. Einzig die Wahrnehmung von Temperatur ließ einen Kopf für mich vernehmbar werden. Beinahe wie ein riesiger Laser wärmte sich eine Oberfläche über mir, was dazu führte, dass sich ein leichter Druck an der selbigen Stelle entwickelte. Ich war mir nun sicher, dass es sich um meinen Kopf handeln musste!

Ich konnte deutlich diesen warmen Strahl, diese Hitze, zentral auf meiner Schädeldecke verspüren, merkte dann ein Aufleuchten, ganz wie ein Startsignal und wurde dann mit dieser Wärme, die sich anfühlte wie Licht, durchspült. Völlig. Mein Sein nahm es auf und ließ es durch sich hindurchlaufen, bis es durch mich und mein Dasein hindurchdrang und sich im Boden entlud. Ich schaute hinab, doch ich konnte nicht sehen, wie diese Wärme im Boden versiegte.

Ich streckte mich noch weiter, der Wärme entgegen, aufwärts, wie ich zu meinen schien. Meine Existenz ergibt Sinn – vor allem im Nicht-Existenten. Einfach, weil ich bin, denke und fühle – auch ohne dem, was mich sonst zu mir macht: Körper, Haare, Mimik & Gestik. Für mich nichts weiter als Übersetzungen meiner Selbst, meiner Seele, bereit für Erfahrungen. Doch dafür muss ich – will ich – wachsen! Und ich streckte mich empor, erfahrungshungrig auf das, was noch kommen sollte, der Wärme entgegen.

Und da spürte ich plötzlich mehr als die wohlige Wärme der Sonne auf meinem Haupt. Über meinem Kopf brach etwas hinweg; ich schien es mit meiner Präsenz beiseite zu drängen. Auf einmal schien mir schlagartig bewusst zu werden, wo ich mich befand und was ich war. Ich befand mich im Nährboden des Lebens, des Universums und brach aus ebendiesem Boden empor. Nichts weiter als der Kopf eines kleinen Sprösslings, mit dem ich in und zwischen der Erde festzustecken schien. Doch das machte mir nichts aus. Ich hatte verinnerlicht, dass gut Ding seine Weile haben will und der Preis für Fleiß recht unbestimmt ausfällt. Beständigkeit machte hier den grünen Daumen aus.

Und wie aus dem Nichts schoß ich aus der Erde empor und entpuppte mich zu einer wunderschönen Pflanze oder Blume oder was auch immer; ein Teil von mir hatte den tiefgesäten Samen der Geduld nun endlich fruchtbar werden lassen und ich spürte, dass dies nur der Anfang sein wollte, sich auch die restlichen ausgesäten Samen in stiller Dunkelheit langsam zum Licht finden und sich mit mir entfalten würden. Denn Teile von mir sind ständig im Dunkeln, immer über irgendetwas im Unwissen oder Unklaren – und doch fühle ich mich erhellt.

Tiefseeämonster

Nun befinde ich mich in ausgeglichener Regelmäßigkeit in meinem geschaffenen Ruhepol – sowohl die Sonne als wärmende Energie, als auch mal den Regen und Wind auf meinem Balkon genießend. Heute war ein heißer, sonniger Tag, an dem ich mich auf meinem Hocker platzierte und dem spielenden Zwitschern der Vöglein lauschte. Sie sangen mich in Trance und meine geschlossenen Augen ließen bald eine vertraute Dunkelheit erahnen.

Ich wusste, wo ich mich befand. Nur noch nicht, was ich war. In Vertrauen auf meine – mehr oder weniger – neu erlernte Geduld wartete und atmete friedlich. Ließ mich in meine leeren Gedanken fallen und lauschte in das undurchdringliche schwarz. Ich frage mich, was ich diesmal erlernen oder was ich nun erleben würde, wenn ich feststellen sollte, welche Knospe ich hier in den Erdboden vor mich herwachsen ließ. Da erkannte ich Abseits, irgendwo vor mir, ein Glimmen; ein Lichte gar?!

In völliger Verwunderung versuchte ich, an mir herunterzuschauen, doch das Licht reichte nicht bis zu mir. Meine Gewissheit über meinen Aufenthalt; gar mein Dasein; geriet ins Schwanken. Doch ich wollte nicht schon wieder von vorn beginnen, existentielle Fragen an mich selbst zu stellen. Ich wusste allmählich, wer ich war, nur nicht, was ich dort unten wollte. Oder suchte ich nach etwas? Ich hatte doch ein Licht wahrgenommen ...

Dabei fühlte ich mich von Masse umgeben; Erdboden?

Nur dies schien meiner kürzlich erfahrenen Erhellung zu widersprechen. Töricht glaubte ich, es hatte sich um eine Erleuchtung gehandelt. Im Boden hatte ich kein Licht vernommen, bis zu dem Moment, als ich durch die Erdkruste brach und meine Knospe fidel aus dem Boden schellte!

Nun also war ich mir sicher, dass ich mich an einem anderen Ort, vielleicht in einem anderen Boden befand ... Doch ich sah nichts, hörte nichts. Wenn ich meine Lippen benetzte, schmeckte ich einen ganz sanften, recht leichten Hauch von Salz; doch riechen konnte ich den besagten Hauch nicht.

Da tauchte erneut das Licht auf, diesmal etwas weiter links von mir und noch zu weit entfernt, als dass ich Rückschlüsse auf mich und meine Situation hätte ziehen können. Was also kam dort auf mich zu? Bevor ich diesen Gedanken in der Leere meines Daseins überhaupt denken konnte, leuchtete es vor mir auf. Genau vor meiner Nase – zwischen meinen Augen sah ich nun das Licht hypnotisch vor mir her baumeln; wie hatte es so schnell die Position wechseln können, ohne dass ich es beobachten oder bemerken konnte?!

Wie eine elektrische St. Martin-Laterne bewegte es sich beinahe in Zeitlupe wieder von links nach rechts und wieder zurück – in enormer Übergröße, sei dazugesagt. Nun erst wurde mir gewahr, dass ich *ich* war – weder atmend noch wirklich lebend; aber ich war ich, am Boden eines Gewässers, Meeres, Baches?

Was also war passiert? Wie gelangte ich hier her? Und warum fühlte ich – wenn auch anders als zuvor? Das Licht, also die kopfgroße Laternenglühbirne, wandte sich ein Stück zur Seite und ich war in der Lage, meinen Körper eingequetscht zwischen Schiffswrackresten und abgestorbenen Korallenriffen – die nun eher an verkalkte oder einvulkanisierte Pflanzenrelikte erinnerten – verorten zu können.

Da fiel mir mein erster Besuch in das mir fremde, wie eigene Fantasieland ein und wie dieser endete. Just in diesem Moment der Realisierung drehte sich das Licht vollends nach links zu mir um und ich vermochte diesem schwimmenden Licht in die Augen zu schauen. Vor mir schwebte ein riesiger Tiefseefisch auf meine Augenhöhe herunter; das neonfarbene, gelbe Licht direkt über meinem Kopf. Ich starrte ins Gesicht dieses monströs anzuschauenden Tieres mit schrecklich schief abstehenden Zähnen und glubschig heraustechenden Augen. Es schwebte sachte mit seinem klobigen Körper im Wasser. Mit winzigen Bewegungen kontrollierte es die Höhe, auf der es vor mir schwebte mit seinen kleinen seitlich anliegenden Flossen. Es schien, als würde das Geschöpf mich nicht recht betrachten können, als würde es schielen. Deshalb drehte es sich mit einem Satz nach links und verlor mich dabei mit keinem Moment aus den Augen. Der Fokus lag voll auf mir.

„Dass du wieder hierher kommst ...", begann der Fisch in einem Dialekt zu sprechen, den ich aufgrund der Wassermassen zwischen uns nicht erwartet hätte zu verstehen.

„... das hätte ich nicht gedacht!", fuhr der Fisch fort.

„Wieso?", fragte ich und verschluckte mich beinahe bei dem Versuch, zu sprechen. Dennoch gelang es mir mit Vorsicht. Der Fisch lachte, was sich in einem behäbigen Zucken und mehreren großen, aufsteigenden Luftblasen äußerte.

„Nun, du erinnerst dich nicht?"

Ich schüttelte den Kopf: „Nicht dass ich wüsste. Weder an dich noch an irgendeine andere Erfahrung gänzlich unter Wasser." Nachdenklich schwamm der Fisch daraufhin in drei großen Zügen um mich und meinen eingequetschten Körper herum, bis er wieder vor mir Halt machte – leicht nach links gedreht und mit dem rechten Auge anfokussiert. Dann musterte er mich skeptisch und fragte: „Willst du eine Geschichte hören?"

Ich nickte sofort; in der Hoffnung, dass ich sie in fischisch auch vollständig verstehen würde. „Nun denn ...", begann der Tiefseefisch: „Ich schwamm an einem dieser Tage gemütlich hier am tiefsten Grunde des Gewässers umher. Noch nie habe ich mein Heim verlassen können. Von anderen Gewässern träume ich manchmal im Schlafe; von weit entfernten Teichen, Seen, Bächen oder gar Ozeanen – allesamt mit Leben gefüllt! Dennoch, ich war immer hier und schlummere hier stets. Allein und im Dunkeln, am Grunde des Bodens. Einzig mein Licht hier hilft mir, mich zu orientieren und mir einen Weg zu weisen. Die Dunkelheit ist es, die es nicht zulässt, mich in meinem Spiegelbild zu betrachten. Genügend Müll und Plastik ließen sich hier wohl ebenfalls finden, jedoch ist mein

Licht zu schwach, als dass es spiegelnde Objekte jedweder Form und meine Reflektion auszuleuchten vermag.

Nun weißt du, Wesen wie ich sind in der Regel von ruhiger und angstfreier Natur. Fressfeinde haben wir hier unten kaum zu befürchten, die einzige Gefahr in meiner Umwelt, für meine Umwelt, bin ich und meine Spezies. Wir zerstören zeitweilig unseren Lebensraum und gehen davon aus, dass die Schäden nicht existent sind, weil wir sie mangels genügend Licht nicht zu sehen vermögen.

Du kannst auch das Hässliche, das Groteske an dir oder der Gesellschaft, die du in Teilen so sehr verachtest, annehmen und lieben – wenn du dich traust. In der Gesamtheit wird dich das zu einem glücklicheren Fisch machen; glaube mir!"

Noch ehe ich die Bedeutung dieses Monologs für mich dekodieren konnte, verschwand das Wesen mit einem heftigen Schwung. Ich war allein. Erneut. Mit mir. Also gab ich mich wieder voll der Dunkelheit hin. In der Ferne konnte ich jetzt das Licht verschwinden sehen und ich fragte mich, wieso ich ein glücklicherer Fisch werden sollte.

Doch vielleicht war das meine Lektion aus all der Meditation; Mensch muss auch das Hässliche und Schreckliche an sich selbst und der Welt und dem Leben lieben, denn das Verdrängen des Unheilvollen macht das Eintreffen von Unheilvollem nur noch undenkbarer sowie unrealistischer. Diese Einstellung zum Leben würde negative Erfahrungen, als eine von tausend Facetten des Lebens, immer als etwas Unglückliches hervorheben. Doch erleben wir alle – ALLE – subjektives Ünglück. Aber erst das Versteifen auf Negativität macht die Akzeptanz von ebendieser überraschend schmerzhaft. Nicht aber, wenn du dich als Fisch unter Wasser mit dir Selbst beschäftigst?

Oder?
Oder eben doch?
Oder was sollte das Ganze?

Nord- und Südseeäwind

Auf einem sonnigen Feld in einem abgeflachten Tal fand sich einst ein Meer aus Stille ein. Nichts bewegte sich und alles war – zumindest für diesen Moment – unbedeutend. Nichts als die heiße Mittagssonne knallte auf die einzelnen Halme des Feldes und die Bäume schienen, als hätten sie seit Tagen keinen Tropfen Wasser mehr gesehen; ihre Äste hingen enttäuscht in Richtung Boden.

Diese Stille wurde nicht künstlich erzeugt, sondern entstand einfach durch den Lauf der Dinge – sogar die Tiere hatten sich ein schattiges Plätzchen gesucht und kühlten sich im Dunkeln ab. Man hörte nichts; nichts außer die ewige Stille, die keine Stille sein kann, weil alles lebt – und doch empfinden wir sie als still.

Trotzdem fällt es uns schwer, das Lebendige in der Stille festzumachen; Lebensfreude – gar Liebe!

Nur die wenigsten erkennen: Momente wie diese machen das Leben lebendig – die Stille, die uns zulässt, Vergangenes zu reflektieren und noch Kommendes bereits in Dankbarkeit auf das Ungewisse zu begrüßen.

Just in diesem Moment rührte sich etwas – kaum bemerkbar zog ein kleines Lüftchen auf, es zog vom Süden des Tals herbei und tänzelte um die umliegenden Baumspitzen und Wiesen herum. Der warme Strom glitt unter den Ästen hervor und ließ sie sanft von links nach rechts wippen – eine Taube auf dem Ast ließ sich entspannt darauf ein, sie schien ihr Siesta-Päuschen geflissentlich zu genießen. Auch sie bewegte sich, ohne selbst nur einen Flügel schlagen zu müssen. Bewegung als Essenz des Lebens – klingt das zu kitschig?

Vielleicht – nicht.

Der warme Luftzug strich einmal gänzlich durchs Tal und ließ sich dann in der Nähe des Feldes nieder. Konnte man die Augen angestrengt zusammenkneifen, sah man, wie der Luftzug auf dem Feld in purpurnen Fliederfarbtönen begann, ihren Tanz zu fühlen. Sie bewegte sich zu seinen eigenen Klängen, ließ zaghaft die warme Luft durch Hölzchen wehen, sodass flötenartige Töne erklangen. Der Luftzug ließ aber auch einige dicke und starke Äste auf hohle Baumstümpfe schlagen, sodass der Bass des Baumes über die umliegenden Hälmchen vibrierte. Das ganze Tal musizierte. Sogar die Vöglein stiegen mit ein und sangen fröhlich ihre Lieder zu den rhythmischen Klängen des warmen Windes.

Immer stärker konnte man die purpurnen, seichten Umrisse und zaghaften Linien einer Figur auf dem Feld tanzen sehen – stören ließ sie sich nicht; durch wen auch? Sicherlich nicht durch das kleine Reh, welches seinen Kopf zaghaft und voller Neugierde durchs Dickicht schob. Auch nicht von den eindringlichen Strahlen der Sonne; diese kitzelten sie nur und ließ den warmen Luftstrom des Südes mit noch mehr Energie erfüllen. Alles war im Einklang – so perfekt war dieser Moment.

Nur verharren sie nie für die Ewigkeit, diese perfekten Momente – ein Fakt den wir alle zu wissen wagen. Ungeduldig erwarten wir schon das Schlimmste. Von einer Sekunde zur anderen nämlich zog eine dunkle Wolkenschicht auf und tauchte das ganze Tal in Schatten. Die Wolken überzogen die Landschaft mit einem großen, grauen Schleier. Es wurde schlagartig kühl und schneller, immer aufbrausender fegte plötzlich ein schneidend kalter Wind durchs Tal. Völlig aufgeschreckt zog das Rehlein direkt sein Köpfchen zurück ins schützende Dickicht und die Vöglein verstummten sofort beim Eintreffen der tobenden Klänge dieses kalten Luftstroms, welcher zügig durch das Tal peitschte. Einzig zu hören war nun der laute, brausende Wind, der die Baumkronen vom Tanzen ins hilflose Umherschwanken brachte. Er blies die vom Südwind zaghaft arrangierten Naturinstrumente hinfort in die Funktionslosigkeit und brach damit unerbittlich den vorher geschaffenen und viel zu kurz genossenen Moment – er schien ja auch zu perfekt.

Ohne Rücksicht auf die lebenden Geschöpfe des Tales, noch auf den sich dort befindenden Gegenwind, machte sich der scheinbar aus dem Norden stammende Luftstrom auf dem Feld breit, pustete seine Kälte über das Feld und zwischen die einzelnen Büsche umher. Sogar die kleinen Bächlein und Flussläufe zitterten in der Anwesenheit dieses ungehobelten Eindringlings. Der Luftzug aus dem Süden stellte sich ungewiss in den Hintergrund, hockte sich zwischen Feld und Waldrand und wagte es nicht, sich zu bewegen – unmittelbar weggefegt werden wollte sie schließlich nicht.

Der warme Luftzug fragte sich, ob etwas mit dem Nordwind nicht stimmen würde; ihn etwas beschäftigt, gar verletzt oder aber irgendetwas in seinem Inneren wegstirbt. Nur dies hätte ihrer Auffassung nach ein solch ungehaltenes und rücksichtsloses Verhalten begründen können. Also beobachtete sie erst einmal diesen anderen Windstoß, registrierte die andersartige Temperatur und so auch dessen kühleres Temperament. Sie versuchte feine Linien, ähnlich zu ihren, auszumachen. Es gelang ihr kaum.

Der Nordwind trommelte mit seinen großen, aber kaum sichtbaren, eisblauen Fäusten auf seiner schneeweißen – fast transparenten – Brust herum und holte tief Luft. Einen Augenblick später entlud sich ein lautes Grölen über das gesamte Tal. In der Ferne schreckten gar einige Vöglein aus ihren durchgeschüttelten Nestern auf und flogen wild durcheinander. Besorgt fragte sich Südwind, was den Nordwind wohl verärgert haben könnte, dass er so achtlos durch die Gefilde zieht und gedankenlos seinem Unmut Luft macht.

Für einen Moment dachte der warme südliche Lufthauch, dass sie mit Nordwind sprechen könnte, ihn fragen, was ihn zu seiner Heftigkeit bewog und so versuchen, ihm eine andere Perspektive aufzuzeigen. Sie stellte sich vor, ihm zu zeigen, dass das Leben wunderbar sei, die Sonne das Schönste auf Erden ist, da jeder erwärmende Strahl ihr das Gefühl gab, lebendig zu sein. Also fasste sie sich ein Herz, oder einfach nur den Mut, der für eine solche Konfrontation aufgebracht werden musste, sich diesen Gegenwind vorzunehmen.

Als Südwind näher schlich, erkannte sie Narben und Wunden, noch immer triefend. Beschreiben können hätte sie diese nicht, denn sie konnte ihn – den Nordwind – ja kaum sehen, wahrnehmen jedoch konnte sie ihn ohne Probleme! Sie waren aus derselben Luft geschaffen; nur mit anderen Eigenschaften. Also richtete Südwind sich auf, war nun nicht mehr am Feldrand versteckt. Nordwind bemerkte die warmen Luftzüge sofort. Er fuhr um und sorgte für tosenden Lärm, da durch seine Drehung die umliegende Luft heftig gegen naheliegende Felswände klatschte. Anschließend rief er fragend in Richtung Gegenwind: „Was willst du? Warum beobachtest du mich aus der Ferne?"

Südwind antwortete zögernd: „Nun, du warst so aufbrausend, tobtest auf dem Feld, als würdest du hier alles mit deinem Wind zerstören wollen ... Es machte mir Angst, weißt du?"

Der Nordwind war verdutzt – Angst? „Wovor hattest du Angst?", wollte er wissen. „Na vor dir – du hast mich einfach weggepustet, während ich in meinem sinnlichen Tanztraum mit meiner Umgebung spielte ... Ich wollte nicht noch mehr verdrängt werden!", gab Südwind zu. Nordwind nickte verständnisvoll, aber doch nachdenklich, denn während des gesamten Gesprächs hatte sich alles wieder ein wenig beruhigt – das hatte er in diesem Moment selbst verwundert feststellen müssen. Er war nun zum ersten Mal im Stande, die Ruhe um ihn herum wahrzunehmen. Dieses Nichts an Geräuschen zuzulassen.

Diesen Moment wollte Südwind ergreifen und sprang mit einem Satz zurück ins Feld, genau an die Stelle, an der sich Nordwind noch befand. Beide schwebten einander gegenüber. Südwind streckte sich nach Norden Richtung Nordwind, wollte ihn zum Tanzen auffordern, ihm eine neue Perspektive und neue Erfahrungen des Lebens schenken und Freude wecken, sodass er bald nicht mehr alles und jeden mit seinen kalten Strömen belasten würde. Es gelang Südwind auch, den Gegenwind zu berühren, ihn an die eigene, aus Luft bestehende Hand zu nehmen.

Sanft versuchte sie, die vorigen Töne erklingen zu lassen, doch Nordwinds Windstöße hatten alle Naturinstrumente zerstört zurückgelassen oder aber, sie baumelten in weiter Ferne zwischen irgendwelchen Ästen umher. Traurig zuckte Südwind mit den Achseln, wandte sich

Nordwind zu und sprach: „Nun, wenn ich auch keine Musik mehr spielen kann, so werde ich zu singen versuchen. Komm, lass uns dazu tanzen!" Gebannt von Südwinds agilen und flüssigen Bewegungen dachte er an all die Dinge, die sein Leben erschwerten; denn, wenn uns offensichtliche Leichtigkeit vorgelebt wird und sie uns unverständlich, unnachahmbar, demnach unmöglich erscheint, dann kann dies eine Art Verzweiflung in uns wecken. Die Art Verzweiflung, die sich in die Tiefen des Seins geschlichen und durch die Klarheit der Seele gefressen hatte, weil sie unaufhörlich durch selbstgesäte Zweifel und pessimistische Züge weiter in uns keimt. Selbstzweifel und Vertrauensverlust jeglicher Art wachsen und gedeihen so unvorteilhafterweise hervorragend – auch in Nordwind, während er Südwind so beim unbeschwerten Bewegen, beim Leben beobachtete.

Druck baute sich in ihm auf; Stress. In diesem Moment fühlte er sich, als müsse er sofort reagieren, diese Ruhe beenden. Er musste wieder selber beherrschen, wie die Dinge zu laufen haben, denn sein Weg, sein Wind war der richtige – für ihn. Was mit anderen war, war irrelevant. Da konnte und wollte er sich auch nicht hineindenken. Und so konnte, entgegen Südwinds Anstrengungen, Nordwind seine Umgebung wieder mit eisigen Windpeitschen kontrollieren und ließ somit seinen momentartigen Kontrollverlust unreflektiert zurück.

Es tat ihm zwar weh, doch paradoxerweise fühlte es sich richtig an. Damit zerriss Nordwind die feinen Bänder aus Lufthauch, die Südwind während ihres ausgelassenen Traummoments gewoben hatte. Enttäuscht wich sie zurück, dass sie ihm nicht hatte helfen, ihm nicht diese neue Perspektive auf die Freuden des Lebens hatte schenken können. Denn sie bemerkte, dass er in seiner Wut und Trauer gefangen sein musste, sodass er gar nicht merkte, dass er soeben die kleine Hoffnung auf das Hinterfragen und Aufarbeiten seiner Eigenarten verloren hatte.

Nordwind bemerkte diesen zaghaften Versuch des Perspektivwechsels, doch war dieser beinahe zu viel von ihm verlangt. Was sollte er denn bitte mit dieser neuen Perspektive anfangen? Weiterhin durch Täler und Wälder brausen wollte er! Sich nicht nur spielerisch von links nach rechts treiben lassen und die verschiedenen Blätter des Herbstes zwischen den seichten Luftströmen ziehen lassen. Das diente ihm nicht – warum wollte Südwind das nicht verstehen? Warum überhaupt beharrte sie und zog nicht einfach von dannen, als Nordwind das Tal für sich beanspruchte und mit seinen Böen vereinnahmen wollte?

Sicherlich; Ost- und Westwind haben ebenso ihre Probleme, dennoch leben sie ein Leben des Ausgleiches; *Push and Pull* – einfach ein anderes Leben von Gegenwind; doch Süd- und Nordwind? Die starken Ströme des Nordwindes sind mit nordischer Kälte durchzogen. Steif peitscht er seine Windarme durch die Lüfte, ohne Rücksicht auf das um ihn umherliegende Umfeld. Einzig starr macht er sich daran, seine Wut, Trauer und seinen Weltschmerz mit einer Kälte zu überzuziehen. Eine Kälte, die auch Verdrängung genannt werden könnte. Ungeachtet dessen, was eine Auseinandersetzung mit den Problemen, was die Selbstreflektion in Nordwind auslösen würde und an positiven Resultaten hervorbrächte, so hatte er es seit Anbeginn der Zeit nicht ein einziges Mal auch nur annähernd versucht.

Außer in den kurzen, intensiven Momenten, in denen er alle paar Dekaden mal auf Südwind traf. Diese waren selbstverständlich einige Male in seinem unendlichen Leben gewesen, doch daran erinnerte er sich kaum, nur vage. Südwind hingegen kann noch immer jedes einzelne Aufeinandertreffen in ihrer Erinnerung hervorrufen. Sie reflektierte und analysierte die Sachverhalte ihrer Unterhaltungen auf emotionaler Basis. Aus diesem Grund streift sie zögerlich zaghaft durch die Wiesen und Felder der Erde. Manchmal, an besonders kühlen Tagen, lässt sie ihre warmen Luftströme fröhlich über den Boden hauchen. Ihre warme Luft gleitet so nach oben und erwärmt Mensch und Tier gleichermaßen. Südwind liebte es seither, die Lebendigen zu beobachten, liebte es, gleichermaßen zu sehen, wie Tiere lebten und Menschen lachten oder litten. Keinerlei Gemeinsamkeiten, außer dass sie aus der gleichen Luft geschaffen sind; dennoch waren und bleiben sich die beiden in ihrer Natur so verschieden, wie es eben nur Gegensätze sein können.

Nun in diesem erneuten, vielleicht hunderttausendsten Aufeinandertreffen hatte Südwind enttäuscht den Kopf hängen lassen. Sie merkte, dass sie in Nordwind nichts hatte auslösen können – once again! Was hatte sie auch erwartet? Seit sie auf dieser Welt existierte, noch bevor sie andere Lebensformen auf der Erde registriert hatte, versuchte sie Nordwind auf die schönen Dinge ihres gemeinsamen Lebensraumes aufmerksam zu machen. Sie hatte ihm seither zeigen wollen, dass sie sich selbst auf ihren Böen haben treiben lassen und hoch hinausfliegen konnten, ohne auch nur einen geringen Schaden oder die Angst vorm Stürzen befürchten zu müssen. Sie befreite die Leichtigkeit, ihn belastete die Ungewissheit der Freiheit ihrer beinahen Schwerelosigkeit. Sie wollte ihm etwas von der Gelassenheit, Wärme und Liebe mitgeben, von der sie so viel in sich und um ihr Herz verspürte.

Nordwind wusste, ja eher, ahnte dies. Doch einlassen konnte er sich darauf nicht. An dieser Stelle kann auch nicht von Schuld gesprochen werden, denn Nordwind entschied sich nicht bewusst dafür, denn er war von der Kühle des Eises geprägt worden. Es war ihm kaum möglich, Südwind in ihrer Emotionalität und ihren gelebten Entscheidungen folgen zu können. Seine eisige Kälte breitete sich seit jeher auf seiner Seele aus, sodass er selbst den Weg zu seinen Emotionen in Eis hüllte und sich so die Verbindungen zu seinen Gefühlen abschnitt. Ja, er fühlte, dass Südwind verstanden hatte, ihm habe helfen wollen, sich von seiner Kälte des Nordens zu lösen, doch es war für diesen Moment zu viel gewesen; erneut. Und jetzt – jetzt war er bereits zu spät dran, zu realisieren, was geschehen ist, denn Südwind hatte ihm bereits den Rücken zugekehrt und zog leisen Hauchs von dannen.

Allein blieb Nordwind ein weiteres Mal zurück. Es war still, man konnte weder einen Hauch in der Nähe, noch in der Ferne erahnen. Sogar die Kälte verlor in diesem Moment ihren Biss. Einzig die Stille vernahm Nordwind, während er Südwinds Verlassen nachsah. Er fragte sich, ob sie sich in 10 oder 100 Jahren wiedersehen würden und ob er bis dahin wieder vergessen hatte, was zwischen ihnen geschehen war? Wird er ein weiteres Mal verdrängen, dass Südwind es sehr wohl geschafft hatte, eine Schicht seines durchdringenden Eises, welches sein Herz umschloß, zum Schmelzen zu bringen?

Er wusste es nicht und fragte sich, ob es überhaupt einen Unterschied machen würde, falls er sich erinnerte. Schließlich war er, wie er war und sie blieb, wie sie blieb, lebte und liebte. Einzig wusste er, dass er allein blieb. Da zog sich sein Herz zusammen. Schlagartig zogen dunkle Wolken um Nordwind sowie am gesamten Horizont auf. Langsam, beinahe qualvoll rollte eine glasklare Träne aus seinem Augenwinkel und die ersten Tropfen begannen zaghaft, den bald fruchtbaren Waldboden zu nässen und zu nähren.

GEDICHTE
&
LYRISCHE REFLEXIONEN

Wanzen tanzen nicht

Schau, wie die Fliegen tanzen
da an der Hauswand
aus Backstein
Sie stagnieren nicht wie Wanzen
nicht erstarrt anhand des
Wanzen-Daseins.
Sie fliegen auch nicht tanzend
und lauernd auf die Mauern;
an ihnen liegt es einzig
ihre Zeit zu überdauern.
Und die Fliegen, schau, sie tanzen
voll Leichtigkeit daher
erschüttern Weltbilder der Wanzen
als ob Stagnieren für sie nichts wär'.
Ja, die Fliegen wollen fliegen
in die Freiheit, Ferne kennend
Während Wanzen dem erliegen
was wir singend „lauern" nennen.
Also danke, tanzend Fliegen
für das Sinnbild, die Metapher –
wer nicht hält lieber Fliegen,
als Wanzen sich zum Partner*
Oder gar den Wunsch sich selbst
als Fliege sich zu
entwanzen.
Halte Ausschau schon seit immer
doch sah noch nie ne'
Wanze tanzen!

Ganz im Moment; so

Du hörst ein Raunen, eines von entfernten Autobahnen
Du hörst Dinge klackern und klatschen – irgendwo
Vielleicht da, wo du die Säge schreien hörst;
Während sie einem weiteren Baum das Leben nimmt.

Du hörst Schritte, in sicherem Abstand
Und nun schon hinter mir
Hinter dir – sich annähernd.
Ich höre ein Lachen. Mehrere Autotüren schließen sich.
Und nun warum so ein Getöse?

Als würden plötzlich 50
Tausend Sägen schreiend Bäume fressen
Und die Schritte, die stoppten, erstickt im
Getöse schriller Handwerkzeuge!

Ein Auto in schneller Fahrt auf mich
Auf uns alle zu.
Die Unruhe wird lauter und lauter,
scheint förmlich alles zu verschlingen,
zu übertönen?

Wo soll ich hier die Natur finden?
Wie sollen wir hier Natur hören?
Genießen?
Ich kann daraus nichts mitnehmen; außer Lärm.

Über Muster

Ich sehe Muster
Zu viele
Verhaltensmuster
Ungleich der Tiere,
die im ewigen Moment leben
Wir als Menschen dem entgegen
Uns in Mustern verlieren.

Ich hasse Muster
Die meisten
Verhaltensmuster
Scheinen als solches
Wie Ausreden für konsumorientierte Bräuche.

Ich liebe Muster
also keine
Verhaltensmuster
Sondern kleine
Florale oder runde;
Ich glaub', in der Schule fehlt uns
Der Umgang mit
Der allzugängigen
„Musterkunde".

adaptierte #Solidarität

„Ab heute sind wir
solidarisch!
Rennen trotzdem
Richtig panisch
All die Discounter und die Märkte ein
Und ‚raiden' sie ganz ich-zentriert;
Dass sich gar die Jugend echauffiert,
weil wir alle Läden von Klopapier befreien.

Aber doch,
wir ham's gelesen!
Ab heute sind wir
solidarisch gewesen.
Hab' sogar Petitionen unterschrieben.
Vielleich gegen JEFTA; war das nicht liegen geblieben?
Oder für's Grundeinkommen – bedingunglos –
Denn in Krisenzeiten sind wa' hemmungslos.

Da kann man auch ma' kräftig
Mit der Faust auf den Tisch ganz heftig
Zuschlagen und sich positionieren –
Die breite Masse: nicht irritieren."

Auch diese findet Mensch im Netz
Hashtag Solidarität?
Hab' ich mich verpetzt;
Dass das nicht richtig geht?
Schließlich erheben wir erst jetzt unsere Stimmen
Da Oma und Opa sich um Corona besinnen.

„Oh; wir sind direkt betroffen" – es in Europas Raume steht.
Aus Angst „doch noch 'n paar Grenzen schließen,
Massenpaniken auslösen und Ruhe vor dem Sturm genießen"
Leise beteuern wir Versagen mit: „wir handeln aus Solidarität!"

Dabei sehe ich so gut wie nie mehr
Eine solidarische Haltung hier:
Was war in Hanau? Warum gedenken?
Können wir nicht länger als einen Moment Aufmerksamkeit schenken?
„Wenn wir mehr drüber reden, dann gewinnt er."
Also medial tot-schweigen? Bringt uns das mehr?
Ich glaub' eher nicht – ich fühl' mich leer.

„Oder warte mal; Was war'n das nochmal für Brände?
Qualmt's da wohl noch? Was seit Oktober!?
Meinst der WWF hilft; und die retten Koalas,
Wenn ich hier heldenhaft den Euro spende
Und mich zwecks Rückerstattung später noch an ELSTER wende?"

„Was, es gibt da noch ein Thema?
Ich weiß nicht, ob ich das noch kann …
Ich helf' so viel und zahle auch GEMA!
Doch der Gemeinsinn lässt's an mich ran …

Man munkelt leise, spricht kaum drüber;
Aber an Europas Grenzen
Sterben täglich schon seit Monaten
Immer wieder Menschen."

Unsere Welt wird dunkel und noch trüber;
„Hach das ist mir jetzt zu viel
zu schwer und zu traurig zu verdauen.
Ich betrachte das lieber ganz subtil
Ich kann nichts machen; nur bedauern
Und aufrichtig um die Opfer trauern."

Und so denken wir zum ersten Mal
– also wir, mit westlicher Gesinnung -
Wieder an die Menschen um uns rum
Nutzen die Zwangspause zur Besinnung.

Es fehlts uns an nichts;
- Außer Mitgefühl -
Auch in diesen Zeiten:
„Wie's dir geht;
interessiert mich nicht ganz.
Alles dreht sich um mich;
der Rest ist Firlefanz.
Aber klar – falls jemand fragt:
Meinungen können sich spalten,
aber alles in allem versuch ich's ja;
hab's immerhin bei Covid solidarisch gehalten."

Lena Whooo, Clorona I, 2020

Lena Whooo, Clorona II, 2020

Lena Whooo, Clorona III, 2020

Analy- und Inter-

Das Studium der Schrift,
der Literatur und des Stifts,
lehrte mir im ersten Semester,
Werke mit Tiefe sind immer besser.

Diese Tiefe, so versteht sich,
vertieft sich weiter,
ist der Text ästhetisch –
doch nicht wirklich heiter!

Denn Trauer und Verzweiflung
morpht sich schnell zusammen,
um mehr zu finden und zu verstehen,
als die Texte ohnehin sagen.

Unbeirrt und unbenommen
Entsteht ganz neues Traraa,
Und die fleißige, die An(n)a-
Wills sofort lysiert zu bekommen.

Drum ideeller und erschöpft
Kommt die An(n)a; diesmal köpft,
Sie die Lysierung einfach von dem
Kopf der An(n)a und Lytikerin selbst.

Der Inter- macht das so nichts aus,
hat die Ergebnisse schon aus dem Haus
der An(n)a- weggestohlen; weglysiert
die ganzen Worte
bis nicht gefühlt; ja, nichts passiert.

Denn pertiert wird alles bis zum Ende.
Inter- macht nen guten Job;
Deklariert, „dass da is' 'ne Wende!
Dem *Ich*, dem geht's nicht top.
Das sieht man simpel an den Verben,
den An(n)akoluthen und An(n)aphern,
das Ich, das will doch nur noch sterben,
und das ist keine der Methapern.
Kein Zeichen seh' ich, von Fröhlichkeit,
ich les' auch nichts von Heiter.
Oder doch ne An(n)ekdote auf die Zeit?!;
Oh – das nächste Gedicht hilft weiter!"

Und so verliert der Text,
einfach alles was er ist.

Eine Inspiration, ganz hemmungslos,
die sich emotionslos durch deine Gedanken frisst,
weil Mensch sich doch recht rigoros
verschließt, drum leicht das Eigentliche vergisst.
Keiner tut der An(n)a- und der Inter- einen Gefallen,
wenn viel lysiert und viel pretierte
lyrische Texte bloß in Hausarbeiten widerhallen.

Wenn die Negativität mal
in was anderes überschlägt,
weil Mensch kurz überlegt,
was Mensch für wichtiger erwägt.

Sind nicht Gefühle uns
ganz selbstverständlich
mehr Synonyme für
Worte wie: „lebendig".

Das jedoch entgeht der An(n)a-
Und der Inter- meistens
Da sich ihre Gedanken einzig
Um die Textbedeutungen kreisen.

Un – Berechen – Barkeit

Es fehlen dir die Worte
Zu oft, als dass du's sagst.
Vor allem auch mit welchen Worten?
Wenn das Sprechen dir versagt?

Mehr Unberechenbarkeiten
Als dass man zählen kann
Schmeißen sich vor Gleisen
Und sterben nicht daran.

Sie brechen sich und bäumen sich
Ganz wie man's von UN-,s kennt
Wirbelt rum und pöbelt laut,
sodass man „Un"barkeit erkennt.

Dabei ist für alle wirklich klar,
dass die Unberechenbarkeit ein schönes Synonyme war
nämlich allgemein bekannt als Fährde;
oder doch nicht allbekannt – was wiederum
ein weiteres Indiz für nicht vorhandene
Berechenbarkeit wäre.

Und da mit großer Spannung nun
Mensch Unberechenbarkeit erwartet
Wird die Berechenbarkeit gebrochen;
Und doch wird nichts entartet.

Zu viel

Lärm,
Trubel,
News und Fake News

Zu viel
Essen,
Trinken
Luxus und Probleme

Zu viel
Dokus,
Artikel,
Wissen und Unwissen

Zu viel
Leben,
Tod,
Freude und Trauer

Zu viel
Gewohnheit,
Unberechenbarkeit
Sau heiß und sau kalt.

Zu viel
Wird zu viel.

Eine Kombo aus
labil und instabil

Nehmen wir den Mangel an Ruhe hinzu;
Wird aus zu viel
Plötzlich zu wenig
Und wir alle schaun' Fernseh'n, doch keiner guckt zu.

Wege gehen

Willst du mit mir gehen …
also gemeinsam mit mir Wege gehen?
Wer überhaupt geht und wohin?
Theoretisch?
Können nicht auch Wege gehen …
also die Wege, die gegangen werden müssen
um neue entstehen zu lassen?
Ich dachte aber, die Wege gehen wir!
Nicht die Wege uns.
Aber was, wenn der Weg durch mich
durch uns hindurch geht?
Dann geht er mit uns
und wir mit ihm,
bis der neue Weg gefunden ist.
Welcher Weg denn? Welcher Weg?
Der kolossale Weg
Der fließende Weg
Der bequeme Weg
Der breite Weg
Der stille Weg
Der schnelle Weg von A nach B
Der individuelle Weg
Wo möchte ich sein?
Dem Weg der Vermächtnisse
Dem Pfad der Erkenntnisse
oder dem Weg des Gedächtnisses
Entgegen?
Gehen wir ihn nicht alle – also gemeinsam?
Den Weg des Gedächtnisses
ungeachtet der Wege, die uns selbst bewegen
folgen wir dem Weg des kollektiven Gedächtnisses

Unser Gedächtnis folgt dem kollektiven Weg
Das Kollektiv folgt dem Gedächtnis
und das Gedächtnis lebt im Kollektiv.
Gemeinsam gehen wir den Weg im Kollektiven
Und das Gedächtnis folgt dem Weg
den alle gehen
dabei vergessen wir ganz
den anderen Weg
einen der anderen Wege
die gegangen werden könnten
gehen wir nicht …
es gibt sicher andere Wege
manchmal vergessen wir sie
Wege eines kollektiven Bewusstseins.
Warum?
vielleicht – weil unser Sein sich im jetzt befindet
Und im jetzt sind wir blind – beinahe naiv
für die Wege des großen Ganzen
so gehen wir die Wege rückwärts – oder gar im Kreis.
Stets getrieben von dem was war
und nie von dem was noch kommen soll
gar kommen wird.

Warum also, gehen wir Wege nicht im Konjunktiv …?
Wäre es nicht wahrhaftig anders,
wenn jeder wollte, sollte, hätte und könnte und danach ginge
wohin der Konjunktiv sie, ihn und uns führen würde?

Ein Blick in die Zukunft,
kein Weg in das Neue
Ein Licht auf das Ungewisse
kein Sinn für das uns Treue
und wichtige
es bleibt uns verwehrt,
Da sich unsere Gesellschaft
nur vermeintlich ums Vergangene schert.
Drum gehen wir lieber gar nicht
bleiben liegen ohne Regung
fordern all diese Zukunftsbewegungen
Mit dem Bild einer Zukunft
das von sich aus zusammenbricht.

Ich heil' mich für dich

Es fällt mir schwer von dir zu reden
fühlt sich an wie interne Erdbeben,
als wollte man mir noch einen weiteren
Boden unter den Füßen zerreißen.

Und doch hilft schweigen nichts
Ich muss sagen, wie es ist.
Es ist schmerzhaft, denn wir beide
Kannten uns echt nur 'ne Weile.

Und trotzdem beteuerten wir zwei
Dass das mit uns was Krasses sei;
Fühlten uns verbunden, teilten vieles
Wie Optimismus und Spirituelles.

Besonders eines, das klingt nach –
„… es brauchte Berlin, doch jetzt bin ich wach.
Ja echt, von Heilung weiß ich wirklich viel
Weshalb ich dazu was machen will!"

Dann redeten wir fast zwei, drei Stunden
Gingen dabei schon mentale Runden
Durch ihr erdachtes Heilungsfest –
Planten, ohne dass uns jemand stresst.

Es fehlte uns der Titel noch;
„Healstival" oder „Heilungstach"
Ganz so wichtig war das nicht –
Wichtiger – worüber man spricht.
Über Heilung und Prozesse nämlich
„Positive Thinking" und Manifestation natürlich.

Wir hatten noch viel mehr zu reden,
doch hat es sich nun so ergeben,
dass wir uns nie mehr wiedersehen
und die *Heilung* so im Raume steht …

Jetzt fällt mir all das reichlich schwer
Our manifested Goal gibt's so nicht mehr.
Oder zumindest nicht für mich
Weil du für mich die Wurzel bist …

Und trotzdem muss dein Wort nach draußen,
muss das Innere nach außen –
so wie wir es uns einst erdachten,
dass Menschen tiefe Erfahrungen machen,
die reflektieren und überdenken
und sich selbst danach ein Lachen schenken;
So wie deines stets den Flur erstrahlte
Vor allem wenn ich eifrig malte
Und dann ein seichtes Klopfen
Mich riss aus meinem eignen Kopfe.
Und du dort standest; voller Freude
Von Schamanen und Peru erzähltest
Mich damit als Vertraute wähltest
Und strahled von deiner Zukunft träumtest.

Das alles kommt mir vor wie heute;
War's aber nicht
Drum denk' ich:
Immerhin waren wir kurz Freunde.

Gemüsegedanken

Es wird ganz still
der Raum wird leis'
ich fühl ganz viel
mir wird recht heiß
Schon in Gedanken
formen sich Tränchen
„Nicht drüber nachdenken -
sei kein Mädchen!"
auch ohne Denken
brennts im Aug'
sowie im Kopfe, Arme
Bein und Darme auch
und das Herzlein schlägt
im Trommelwirbel
der Mensch verspürt
Angst
vor frischer Zwiebel.

Diskussionsgesellschaft

Nein, es ist kein Streit;
nur weil du laut
und ich emotional kalt
so ist das halt
mit unser diskursiven
Sprachgewalt.

Drum lernt man auch
in Deutschland schnell
dass Diskussion
Gesellschaft erhellt;
labt sich darin, dass sie diese
fälschlicherweise auch erhält
denn immer wieder werden
dieselben, gleichen Themen gewählt.
So werden Diskurse
über Schwachsinn geführt
und es kommt dazu,
dass lange Rede
im seltensten Fall
zu was Sinnvollem führt.

Was bringt uns dann
die Diskussion;
wenn man stets denkt:
„… das kenn ich schon."

Wie Motten sind wir

Wie Motten sind wir
in der Luft hängend, flatternd
was das Ziel betrifft, wirr.

Wie Motten fliegen wir
dem Licht entgegen, unreflektiert
geblendet von eingefärbtem Papier
fliegen wir wie Motten
dem Geld hinterher
ohne zu erkennen, was bloß mit uns wär'
würden wir uns einfach Nachtfalter nennen;

Würden wir dann unser Potential erkennen?

Und uns schätzen – gegenseitig –
für unsere Arten und Weisen – so vielfältig –
und aufhören
einfach aufhören
uns zu vergleichen
Mit unsinnigen Dingen
Oder gar Schmetterlingen;
Weil wir nicht merken, dass wir Ihnen längst gleichen.

Offices & Homes
– and about neither –

There is just a few Things
That really impress me
When it comes to City Skylines
I mean, it's not the Height
Nor the amount of Light
Alone – that makes a Skyline
Special, right?

But what concerns me deeply
Is to wonder, how much Dead
Space is empty not even secretly
Right in front of us – being kept.

While the Homeless are prolly' askin'
Men in Suits to spare a Dime,
But will also stay neglected; spazzing
People disrespect them, as if asking was a Crime.
So they shuffle on; goin' back to Sleep
It's just another Winter;
A new sleepless night right on the Streets
In each Body part a Splinter.

While they'll almost freeze to Death
One can see high Toweroffices glooming
Warm and comfy while no one takes a Breath
Inside

When Outside for the Homeless, a new Winternight is dooming
There is no Work for them in Offices, no Home and no pursuing.

Zombies

In a way
they decay
on the phone
not quite alone
but almost
connected
with the WiFi
but people
are left out
It's like a century-draught
of engaging
with one-another
nor their own mother
mostly no father
figures
of speech
are part of
the stuff that
build
our personalities
in or on line
with those un-
social-media
platforms …

TEENAGER

Als Teenie waren wir ziemlich
Emotional
Habens aber nie gezeigt.

Als Teenie haben wir immer
Das Neue gesucht
Und uns in Situationen gebracht,
einfach so, um
Erfahrungen
Und noch mehr Erfahrungen zu machen.

Als Teenie mussten wir Zeit
mit Freunden
Verbringen; dem Wichtigsten im Leben.

Als Teenie achteten wir aufs
Outfit
Wir schufen uns eigene Trademarks
Aus den Labels im Trend.

Als Teenie identifizierten wir uns durch
Musik
Und tanzen und tanzen und tanzen.

Als Teenie sind wir
Wir

Zum ersten Mal; und zeitgleich nie wieder so wie wir zugleich.

Weil's verboten ist

Ich mal ein Hakenkreuz
weil ich in Deutschland wohne,
Obwohl ich schwarz bin
Weil's verboten ist.

Ich hab mal geklaut
Socken, die gut zum Rock passen
Obwohl ich schon andere hatte,
weil's verboten ist.

Ich wollte mal wo einbrechen
Und bei irgendwem rumstöbern
Obwohl, man nie wusste, wer da so war,
nur weil's verboten ist.

Und ich hab mal gehört
Leute fahren Autorennen,
sogar ohne gesoffen zu haben, einfach
weil's verboten ist.

Ich frag mich,
was Menschen so machen,
obwohl, es ihnen gar nicht entspricht,
einfach
weil's verboten ist
und genau dadurch nen neuen Tenor kriegt.

New Years over Raleigh

It's not so bad
really
it's not as bad as it sounds
Spending new years
over Raleigh
New Years on a Plane
they decorated
that thang!
So the thought started fading
of everyone celebrating
down there soon
beneath you
except for you;
and the other 150 people
who are travelling
with you.
That's why I say
It's not so bad
really
it's not as bad as it sounds
Spending New Years
over Raleigh
A New Years unseen
with no one
Running to each other
while screamin'
HAPPY NEW YEAR
'til your ears start bleeding.
Here it's just calm
some movie and you;
and those shy voices
from a bunch of
Randos around you.

Now I am set back to feel like a child again,
that knows about today
but being put to sleep before
New Year's celebrations are even happening.
Now out of boredom
I pick a movie;
watchin' the Lion King.
Since I'm keep on learning
that it just needs to sink in,
that at some point all
New Years are ending
And I hope that
this reminder I keep.
I scratch my head
and sink into the seat
and am tellin' myself:
It's not so bad
– really! –
it's not as frustrating as it seems!
I'm well and alive
and now chasing my dreams.
Spending New Years
past Raleigh
is not as bad as having
to hear this New Year's
HAPPY NEW YEAR screams.

Verhältnisse

Das Leben sollte so nicht sein –
weder mein; noch irgendein.
Wir winken's ab als Kleinigkeit,
doch der Himmel brüllt zu uns: Seid gescheit!
in der Gesamtheit scheinen wir jedoch
einfach noch nicht soweit
als (un)gesellige Menschenheit;
zu beenden was doch Leid beschert
und mindert unsren Menschheitswert
zu weniger als all den Tieren
die wir Menschen irgendwie mit Abscheu betrachten
und später doch: „zum Wohl" mit Genuss dinieren.

Ein solcher Unsinn muss bald schwinden
aus mehreren, mehr als westlichen Gründen
ein Appell an die Reichen
die sich weiterhin auf weichen
und ganz luxuriösen Kissen winden
und maximal mal erbleichen;
in ihren Albträumen
von abgeholzten …
Kontoständen und leeren Industriehallen
auf Social Events nur alkoholisiert herumlallen
am Ende dann aggressiv die Fäuste ballen
und diese schließlich wütend auf den Bürotisch knallen:

„Ginge ich doch bankrott
müsst ich eben klauen,
nicht von uns; den großen Industrien
lieber weiter vom kleinen Mann …
Denn wenn ich so reflektier'
komm ich an sein Geld
halt weiterhin viel besser dran."

Closed Doors

Existential Crisis
since we don't
have too many choices
as a part of our community
and way too many voices
in our head
and in random Places
that tell us
We won't make it
Then
eventually
we take it
for fears of our own.
But I won't stop growing
into what I'll become;
what I'm destined to be
not just Daddy
but the whole Universe;
Ancestors watching over me
I won't be mourning
no more
about missed paths
that are shown
only when your down
that's when all you see is
several closed doors.

„The next one I'll take
The next one I'll break
If I have to –
in order to make it!
No matter how the next door looks;
Imma' open it
no matter how lost
my hope or
the key for us is…

Black confidence – we have to regain it."

Nights – Sleepless ones

You open your eyes in the night
there's no light
just darkness
After turning around the 1000th time
You find yourself with your bare feet
on to the cold floor
You walk into any room
best, the one with the TV
so you can turn it on
watch a silly show
and forget that your knee-deep
stuck in an emotional barricade…
It stops you from achieving,
you think.
It holds you from breathing,
you drink.
But then you use the vibe of the silent night
while this idea ignites
like a wildfire catching a spark form a lighter
far away.
Some things will overrun you
it just flows all of sudden
so you best forget all your sh**
and start publishing it
Before it's forgotten.

Genesis

It's good
just trust it
It's good
if you let it
be good
and you get that
being good
has a backlash
or flashback
or lashback
on my newly
learned
ablity to
blacklash
on just good
ass decisions that
been good
'cause you were brave enough
to trust it
when you felt it
and became
that type of
Genisis-God
for you
and your peep's
stating: „and it was
good."

Greater than three

I am still having salt,
remains of the dead sea
in the corner of my eyes
I knew deep down
There's no logical reason
to now weep and cry
Since I'm alive and I'm well
and living life everywhere
at a time
It's hard to recall
since the important factor
in that equation is me
No matter how hard
They try to care
And I do wonder why
Math wasn't ever my thing
which is why I suck terribly
at what is called *dividing*
But I did it to my heart
and now seek healing
I split it at last
in at least four parts
and therefore have left
one piece in the past
and a quarter in Harlem
a huge one in Berlin
and a piece for the future
in case things won't last
Feel free to correct me
Cause I truly cant see;
But can it be that
one, one and one
equals > than three?

High on that DMN

When you stare
like really long
When you feel
like real intense
When your mind turns
like really inward
When it spreads
like really clearly into your soul
When you're present
like emotionally and personally
When something moves you
like really deeply and truly
When your sinking in
like into your thoughts
And when it makes you think
like in a self-reflective way
Then I've accomplished my work
as a cultural plug.
Therefore, I don't sell any drugs.
But I wish for highly stimulated
Brains
Souls
Emotions
&
Beings
When they consume my words
or painted worlds
or what some people just consider

„… anything BUT an artwork!"
I consider the great gift
of giving people an ecstatic experience
by lighting up their DMN[2].
So …
light up …

light that Sh** up !!!

---

[2] Abk. für **Default Mode Network** und beschreibt die Gehirnregionengruppe, die im Ruhezustand aktiv kreativ wird.

Dumm oder Dämlich?!

„Wie dumm" sagt man sich
im Alltag der Allgemeinheit
eigentlich viel zu häufig.
Oder auch nicht, weil manche Aktionen
schlussendlich
auch einfach so unglaublich dumm sind;
und dämlich.
So beispielsweise die Aktion
als ich eine Amateur Video-Produktion
in den urbanen Straßen von New York
ganz ohne Gerät versorgt
dennoch versuchte, mir vorzunehmen.
Wenn mir auch jetzt noch ungewiss
das Ergebnis dieser Sache ist;
So weiß ich jetzt schon sicherlich,
dass die Kamera zu vergessen
im Vorhinein recht dämlich ist.

Unfinished Remains

I'll thank Albania in many ways
one of them
is having visited for multiple days
and realizing for myself
that I wouldn't want to be like –
An intention; that was left alone for just too long
and when you get to the ground of it, all you see is
the naked skeleton of: intent and cement.
Ruins; that have beautifully aged but
forgotten over the years – not just from any one's,
but those who build them up; made 'em appear;
the one's who were closest to it;
Motivation; I also don't just want to be;
and doing things for the wrong cause – which is no
cause. And which exactly leads to the opposite of:
Motivation.
So a thing that I've learned in beautiful Albania
is that
I don't want to remain unfinished.
I
Never
Never want
Never want to
Never want to remain
Never want to remain un –
Finished.

A Night Out in Korçë

It's doing well,
all in all
I mean; Europe
People are strolling
on streets that seem
abandoned
but come to live
at night
When the sun lays
golden rays over
stone roofs;
dying the sky
in purple mist;
overall it feels like
there's nothing to miss
People are happily strolling
meeting up
in coffee-bars
eating big meals in restaurants
were thriving;
I guess …
I figured –
and my mama
she always used to
say this –

„They're" meaning „we're
just doing too damn well."
Too well to realize
that most of our
Problems
are way thinner
than those fine
golden lines
mixed with purple clouds
on this pinkish sky

Our shit at times feels like Torture
– but I get that it's not
while today being out
at my night out in Korçë.

Note to self:

TODAY
I DO
NOTHING;
AND
RECHARGE.

Year of the Fox

When you watch those lights at night
reflecting shit
and your neurons ignite
while you focus on the distance;
stuff flickering bright
on the foot of
some unknown mountainsides
You remember life is simpler now
by finding happiness
by your own; inside
The stars arrange new zodiacs
the year of the fox
is now your past
But the stars won't tell what the future brings
All you know;
is another spring
Will let you smell the lush new flowers
even at night
among the sparkles
smelling bright
of tonight's view
of Albania's posh
mountainlights.

Alone Together

We're together in this –
but alone.
nothin' to do but check the gram
#stay the fuck home
I am with you on this!
you ain't alone.
keep sharin' story over story
from your phone.
That's why it's two of us in this
see – not alone.
posted plants, posted food -
what's left to show?
I know were together in this -
but I'm alone
the world feels empty, nothings steady
somethings wrong!
We're proud to be together in this
but so alone -
you had your birthday; no one came
you should postpone.
„We always two up in this?"
No *Home Alone*?
Don't complain 'bout luxury Quarantine
in privileged homes.
'Cause what's with those, who have no choice
but to be together in this – without a voice
What's with those who got
no single day alone?
Who cares enough to save some lives
outside their own home?

Not to say we're with them in this
– they on their own.
Western solidarity – is limited;
That shit has shown!
Nobody together in this
We're all alone

With our boredom, our despair and telephones
I swear the solitude
makes our heart weigh like a stone
And maybe that's the reason why;
why;
why were all connected – but honestly still not even close
To wanting to be *One* …

Senses

Do you still see?
the movement of trees?
or the lush of green
in nature and leaves?
Do you still hear?
the pounding of fear?
in your heart very clear
tiny whispers in your ear?
Do you still taste?
nastiness of toothpaste?
or the amount of waste
while you eat and gaze?
Do you still smell?
The hazy spell,
of something meant well
as a sign of rebel?
Do you still feel?
some type of appeal?
an unknown reveal
of things real & unreal?
You still use your senses?
You still cherishing dances?
You still love what advances?
Love thy senses; it enhances.

About shooting stars

I don't remember the day
I swore myself,
that
I wouldn't wanna wish
Anything
from a shooting star.
My thought's behind it were
that
My wishes won't come true, if
My future was built on luck
Which
made me change
and switch out
„wishing" for „thanking"
once and for all.
Now, every time I see
a shooting star
above or passing me
I am thankful for all things in the
Past; Myself was built on
that
I know My –
self; My –
future is already shining brighter
than the sun
And all the shootingstars I've seen
combined:
So now, whenever I see a stream of light
beaming through the black sea filled with diamonds bright
I say:

„Thank my soul for
being so connected
to all that's in the Universe"
I gaze upward, smile
and happily loose its sight.

With kindness

Don't forget them
your Demons.
Invite them
to have a chat
a conversation
and rationally decide
if you want them around
I choose
to always make friends
rather than enemies
and spread kindness'
to those
(feelings of mine)
whooo want to see me fail …
So I won't give up to them
– those so called Demons –
I will work with them
to seek my highest potential
by finding out
from which potential
they want to keep me away
what do you
what am I
what are they
keeping me away from?

Listen

All is at ease
In my heart I found peace
with my decisions
and visions
of the near future …
„I got me" –
means so many things;
but I'll know
that my future brings
Love
Happiness
Greatness
With what I do
As my Memoirs been written
for more than just me
and about less than my life
I feel the Universe listening
While I listen
– to myself –
Closely.

A day after December 26th

One must think
that a day after Christmas
people have everything.
But just one day past
after the gifts been unwrapped
the feelings of abundance
have already long passed
The wishes for more been materialized
mostly as deep and important disguised…
Do some of us feel though,
how our soul's been deprived
from way more than
money could try to make us buy?

Patok Lagoon
oder: for rainy days

Bist du enttäuscht von dir?
weil du nur zwei Tage
(nicht mal richtig)
aushalten konntest?
Ist es aushalten?
Du schaust dich an
und lächelst
im Rückspiegel
rinnt der Regen
langsam an der Scheibe hinunter
Friedlich, aber bestimmt,
bestimmt – scheint die Sonne
morgen, an einem anderen Tag
noch heller
als dein Antlitz,
wenn sich
deine Augenwinkel heben.
Vergiss nicht
du und das Leben;
alles
ist schön!

Luft holen; Atmen

Atmen
Ein, Aus
Es ist heiß
die Sonne brennt,
Zum Glück,
auf meine linke Gesichtshälfte
Ein, Aus, Atmen
Entspannung; vom Alltag
Ich arbeite und doch scheint es
wie das größte Vergnügen,
So muss Mensch,
muss ich,
meine Arbeit wählen.
Ein, tiefer, einatmen
tu ich; und ich merke,
was sich in mir regt …
Das DU von gerade
ist mein jetziges ICH
Allem sei Dank,
geht das so schnell
manchmal
Glaub' ich an mich
und meine Fähigkeiten …
Mehr! Meer! Das Meer
lässt mein Treibholz verschwinden!
Egal, ich lasse mich nicht mehr;
nie wieder beirren
von dem, was ich weiß,
von der, die ich sein kann
von dem, der ich sein will.
Noch eine Weile, dann hat sich
das Meer das Holz zurückerobert
und du liest darüber,
aber ich schreibe noch …

Was niemand hören will

Wir müssen weiter machen
und weiter sagen,
was wir denken,
weil's doch irgendwer hören muss.
Ihr müsst weniger Nase rümpfen
weniger dran vorbeilaufen,
wenn ihr nich ertragen könnt,
dass sich einiges,
dass sich die Welt,
dass du und du,
sich ändern müssen.
Sie werden weiter laufen
sich in Kinderbettchen ihre
jungen Härchen raufen
denn nur die Berichte
erstatten einen kurzen Schulterklopfer
für das Kämpfen um Zukunft
an Fridays;
Die in Charge unterdrücken Change
lachen dafür aus ihre Opfer
kämpfen selbst täglich; aber
ums Überleben schon lange nicht
aber um Profit
Monday til Sundays
und verlieren dabei aus den Augen,
unser aller Future; und dass es ohne
Fridays zwar Profitwachstum
aber eine für menschenleben
unlebbare Erde gibt.

Drum werd' ich weiter schreiben
und weitersagen,
was ich denke,
weil ich denke,
dass was ich denke,
manchmal das ist,
was die Welt hören muss.

Stilbruch

Salz
Wasser
Salzwasser

Plastik
Flaschen
Plastikflaschen

Sand
Strand
Sandstrand

Taschen
Tücher
Taschentücher

Meer
Algen
Meeresalgen

Meer
Verschmutzung
Meeresverschmutzung

Es ekelt mich an, all das zulassen zu müssen. Die Handlungsunfähigkeit unserer selbst erzeugten Probleme macht mich ohnmächtig. Riesige Fischernetze roden stündlich die Meeresböden ab, als ob unser Ökosystem nichts mit uns zu tun hätte. Als ob wir unseren Wäldern nicht schon genug Leid zugefügt hätten. Warum sind wir noch geil auf Mikroplastik in den von Öltankern verseuchten Fischen?!

Warum trauern wir um das Meer, um unser Klima, um unsere sauren Böden, während wir ihnen bei der Vernichtung zusehen – unberührt?

Warum akzeptieren wir, die unaktivistische Masse, dass die Industrien uns die Meere umkippen – was machen die Fischbillionäre dann? Vielleicht kaufen sie Goldfische und setzten sie im Meer aus, ehe sie diese für unseren Gaumen wieder heraus picken …

Unsere Dummheit als Spezies bricht mir das Herz.

Umwelt
Zerstörung
Heartbreak

Day by the beach
(2. October 2019)

Im Urlaub an' Strand!
Klar, die beste Idee;
Fotos bei Google zeigen mir,
den vermeintlich aktuellen Stand
Shkodër, also: karibisches Flair,
Sorry Bro's …
Das also gibt's so nicht mehr!
Während wir zwei gemütlich spazieren,
muss ich mich beherrschen;
nicht die Fassung verlieren!!
Müll über Müll über Müll über Müll
Aus dem Wasser kommend;
zerstört das Idyll …
Man sieht:
So wie man ins Meer wirft,
so schellts auch wieder hinaus
und so spukt es uns ein Sammelsurium aus;
aus miesestem Plastik und Schwermetallen
so verlier ich recht schnell mein Gefallen;
am Spazierengehen – besonders am Strand
solche Bilder ham' sich viel zu schnell eingebrannt!
Ob Vietnam, Marokko, Italien,
Spanien, Columbien oder Albanien …
Der Unterschied liegt nur darin,
ob die das Aufräumen auch bezahlen könn'
Drum bitt ich innig alle Menschen,
diesen Schwachsinn zu unterbrechen
und einen „Müllsinn" zu entwickeln
Anstatt uns den Plastikstrang um' Hals zu wickeln!

Thoughts about a well-known Song

She sings:
Free from desire;
All my senses
PURIFIED
Free from desire …

Now I relate
No I really don't
Wanna be that
Type of person
She sings about now:
More & More
People just want
More & More

Cause I don't; I want just enough
And it's not enough that
Most people don't even
Have that …

Early Hours

Morgenstund' mit Gold im Mund
Und Mundgeruch;
Darüber spricht keiner …

Schell behoben; Bürste in' Mund geschoben
Das Leben geht
Jeden Morgen
Ein Stückchen weiter

Nun merk ich grad,
Beim Überwinden des Trampelpfands,
Dass die frühen Stunden
Vorm Verirren und vorm Unglück
Uns helfend vorm Weg nach oben warnen.

Danke also,
Liebe Sonnenstrahlen, dass so tapfer
Ihr mir den Weg erleuchtet
Und danke mir, dass ich sie
Im Trubel von LED's und Neonröhren
Überhaupt noch kann erahnen.

Pimpkey

I wondered too many times
Why guys
Are walking around; chasing girls
Like a magazine chasing flies.

I guess, what it could be
Is their wrongly socialized Pimpkey

It's the conclusion; of
Whatever may happen; if

Too many guys having their keys
Ready to unlock
But sadly, they're not paying attention; if

What they're opening might be
The pandoras box
Instead of the doors to heaven
– Only enterable without: their Pimpkey –

Nachtarbeiter*innen

Familie Müllerschmidt geht stets zu Bett
während Tammy noch ganz nett
bis nach Mitternacht am Tresen steht
und wartet, dass die Zeit vergeht …
Denn ohne Moos ist Garnichts los
auch wenn sie weiter ganz getrost
ohne Schlaf ihre Schicht beenden muss
und sie morgens früh um 6 ins Bettlein fällt;
„2 Euro Trinkgeld; Wo zum Teufel ist das Überfluss?"
So früh tragen sie auch Zeitung aus
gehen ach wann aus dem Haus
kriegen hie und da im falschen Ort ne Faust
in die Fresse; als wäre das was
du um die Uhrzeit für 5€ die Stunde brauchst
Noch mehr Eier haben die da vorne, da drinnen;
in dem Auto von dem Typen,
Menschen, die sich für Geld, Fremden anbieten
um Triebe zu eliminieren, so andere Menschen zu schützen,
lässt mich übergroßen Respekt haben,
vor Sexarbeiter*innen.
Oder Krankenpfleger, Ärzt*innen
die sich Kümmern um Notfälle mit Schmerzen
Oder Uber- und Taxifahrer*innen
die uns besoffene Sippschaft jederzeit
recht sicher nach Hause bringen.
Wann denkst du an all die, die sich zur Nacht hin nicht besinnen,
weil sie sich ihren Unterhalt später als du zusammenspinnen?
In Deutschland – ach dem Westen – sollten wir uns nicht beirren …
Unsere Privilege liegen auf tausend Nacken;
wie z. B. denen der Nachtarbeiter*innen.

Shooting Holly

It ain't just the flair
I love the whole damn
atmosphere
To focus on a project
teamwork with no regret
and all giving their all
just for the right effect
So let me work;
Just let me work …
Just go and shoot ahead
So let me work;
please let me work …
So I can buy my daily bread
So let me work;
I let you work
I'm the excellent choice for you
So let us work;
just let us work
Whatever it is, you wanna do.
Cause it ain't just the flair
I love the whole god-damned
atmosphere
and to have the honors
to give life to what follows
to be a character that boroughs
your body, mimes and shadows.
I wanna work;
I wanna work
in the woods
Of Hollys deathly arrows.

There & Back

Life is a constant struggle
to get there
or at least
to get somewhere.
So while trying
we start running and running
forgetting from where we're coming
Nothing seems to matter but to flee
from this euromerican boredom; I see
that shit squishing me & my creativity
So be aware
No more American, but BPOC-dreams
still being ignored, but we're not letting it be
Cause it requires … to work
and work and work and work
without being tired
But I am –
Tired of not being heard
and not being seen
and not trusted a word
not viewed as a queen
Thus I work to pay
for rent so I can stay
closer to work
and be there faster
but never overcome the
colonials' structures of some
sort of modern slavery-master
But we're used to it
we're through with it
change seems impossible
when society is
constantly renewing it

That circle
No
Racist

Cycle of shit
Let me get there
let me process
the struggles of our day
Don't tell me
It'll be better
When your part of our pain
But I told you; I'll get there
so that I can work to fly
like damn far away;

would I ever come back?
I guess, I can't say …

Golden Milk

Strange how all those good things
just fall out of the sky sometimes
on silver strings
that have me tangled up to what will bring
the possibilities of completely everything
Spiderwebs of manifested silk
underneath a glowing ocean
of golden milk
You should take a sip
another sip
and your perspectives start to tilt
So I been told
floating around
spreading love
jolly sounds
nothing rough
Life in general all of sudden
feels actually fucking thrilled
I was told: Karma is a bitch
but I met her, let me tell ya'
she is actually pretty chilled!

Okay

Babe
I forgot – I don't call you
Babe
But that's okay, just would've liked it
at the end, in another way
and that there's less negative
from you
about me
to say
But hey
I guess, all that is okay
Cause well, Babe
Oh damn – I don't call you
Babe
It's just when I feel that rage
cause I know, in all those years
nah – you didn't see we aged
I too now can say
It was the right choice of ours
to decide, we go our separate ways.
So it's okay, Babe
No – cause you ain't my Babe
I forgot you ain't my Babe
anymore
But it's okay – isn't it okay?
That you ain't my Babe
anymore.
It's okay
Shit's okay
fits's okay
in it's own way.

Which is starting the day
without you being the first
person I turn to, to say:
„Hope you slept well and
I love you, okay?"

Dinnerpartyguests

How can we talk about nothing – if there's nothing physically to talk about?

Since nothing is always something to talk about, how come that logically, we can't talk about nothing; 'cause at that point it would be something again.

How does some thing turn into no thing but then still that no thing is the actual something without the some in the thing of none …

Do you feel me?

How can we talk about nothing if there's actually *no* thing, BUT the absence of *some* other thing to talk about? Would that mean, that talking about nothing makes nothing coexistent of something – or vice versa?

Is *something* coexisting of *no* thing?

If so, then that just concludes to:

no thing is being thing enough. Just by the simple choice of making nothing a topic. To make it part of a nonchalant discourse, it becomes thing enough NOT to be labeled as a nothing …

Nothing transformed into something, by the simple matter of addressing it.

I guess, that's how it works.

And they, well, we all do it. We turn *no* thing into something…

So god damn often!

Mostly, so that we have *some* thing to talk about – *any* thing actually ...

It saves conversations, relations, and probably important decisions.

Making up *something* form *nothing* ...

Otherwise – what would all those Dinnerpartyguests do?

Holla

Make sure next time you holla
when you light that shit on fire
When you make that pool whirl
when you take that shit higher
Like Dude make sure you holla
Don't care if you don't wanna
bring yo homie with in summer
Dude I'm telling you to holla
Really, you think you ball – huh?!
It's a shame that you don't follow
when I'm telling you to call, Bro
except for
when your cheap ass need that $ …

MODE

Hard work
Unquestionably
Streams in
To
Lots of
Efficiently excessive energy

Tribute to Jackie Brown

Ain't no street
in my life
to be honest
From my momma
I was raised
to be kind at all times;
so she told us
To be loving and sweet
and to hand over
to anyone we meet
That little bit of trust
So with that in your soul
it is just a fucking must
to avoid unnecessary killings
„*So sorry for your loss*"
Avoid all forms of violence
no matter at what cost
That type of strength
I feel, made me mad robust
Maybe, that's why I never
felt like I was even that lost
I didn't have to be out on these streets
I didn't have to crave anyone's credit,
with that german *hood-life* I simply wasn't in touch
I never felt like *that bitch* or like being *tha boss*
I never had a reason to follow all that
and I am really glad that I didn't
cause those specific lifestyle choices
I just wouldn't; I just couldn't commit
to; too many times I 've heard how it's caused
heartbreak for some mom;
how after all it causes just way too much loss.

Treeshades of shame

Oh – that money shame
no more ching – shame
can't buy anything
Fuck that
Oh – money flees
when yo greed wins
Can't win anything
fuk – what?!

No – not for me
take yo bling-bling
and don't fuk with me
Yup – that
Now – blow all that green
light that shit up
let's smoke money trees
Not bad

Refresh-Button

Gerade das;
Danke
Das tat mir gut!
Es aus deinem Mund
zu hören
ließ verschwinden
Jahrzehnte alte Wut
Die Befreiung von dem
was damals war
beziehungsweise nie wurde
tut unheimlich gut.
Also danke
trotz all dem Schmerz
sag ich doch Danke
in Demut.

Overdue

It's been a while
It's been a while
I've seen you
and your stupid smile
It's been some time
It's been some time
I thought about
how you left me behind
It's been a minute
Bruh – quite a minute
that you been a bitch
but never admitted it
It was overdue
so overdue
for you to apologize
I won't lie to you
I was over you
man, over you
and – now you talking?
what you think I'll do?
Nothing
Cause it's settled now
nearly settled – huh?
since you said your shit;
but didn't say shit, too.
I don't love you
I don't' hate you
I'm just simply
done with you.

Flashback

Here we are again
in yo' car drivin'
your inner self hidin'
not just from me
but rather yourself, you see?
I know, I'd never be all in
cause you and yo' bullshit
was always slidin'
therefore I know, you ain't
no guy who's down for ridin'
as much as I ain't down for dyin'
You ain't impressing me with you ballin'
the apology of yours fitting right in
but as I said: Now I ain't mindin'
it's still the reason tho, for now I'm writin'
Just so I save myself from fallin'
don't expect me to pick up when you're callin'
cause pain again ain't nothing I be wantin';
you know, my distrust don't come from nothin'!

About gifts being gifted

My life is incredibly rich
and I thank all the Gods
and the universe
for every moment of it
Feel like crying out loud
just 'cause things are too
perfect
tears of joy rolling down
smile away my own frowns
reject self dismissive talks
just don't allow it
rather see your worth
'cause there's no real
selflove without it
I admit that I've been fuckin' blessed
not tho spoiled in every way
but mastering manifesting my own quests
those which make you evolve
those that make you unafraid to love
and that put you to the test
And tho sometimes stressed
I'm thriving to keep it at its best
and exploring in curiosity
and loving wholesomely
and laughing so loudly
and eating too godly
while sleeping in thrifted silk
drinking my golden milk
I can't imagine how long I'll live
and in that time –
How many more gifts will give
my life to me?

especially cause I'm deeply rooted
I do believe
In deserving to be gifted by it
just like any other
Beautiful being on this goddamn planet

Harlem's Song

It's it's Delis with Bodega Cats
with Latin-Music chiming on the street
It's it's water pouring hydrants
in the humid New York summer heat
and it's sirens hauling
plus all the ground I covered by feet.
It's it's vegan soulfood
on 125th street
and that beautiful park
just about ten blocks up
around where „St Thickolas" is at
but most I loved 158th
since that's where I crashed
Or Morningside crossing 116th
it had that place
with the delicious pastries'
Now that reminds me of
the Dunkin Donuts on 145th
where I had the pleasure
of getting the best
oatmilk latte to sip
I won't forget the Guy at the Deli across
with his weird thing for „sexy toes"
that made tho an unbeaten egg'n cheese
with avocado, lettuce, pickles 'n tomatoes
Harlem is Jazz and Jazz
where I met my girl Jazz
while the „Angel of Harlem"
bowed down in front of

„The Shrine", I guess;
for it's talent it holds
to expand into the village
like everyone involved for
the funky jazznight to finish
For me Harlem's the black, brown & caramel
the love for our community

at least as far as I can tell
and the hustle, the bustle
the struggles being over come;
or turned into to art
or struggles that ain't easy to escape from
It's been so much more; including – him
from his gentle nods to the sounds of his chords;
and his sneaky grin
hovering over that slightly bearded chin
Harlem melted my heart away!
All that with a song
I wasn't familiar to sing or play.

Sato's Song

Hiroshi Sato
played my
Soundtrack
today when
I threw my
personal items
into the
security tray
and I looked
back even though
I knew that
I could possibly
not at all still
see you
while you drove off
with that shovel
in your trunk.
You said you
would suck
at Good-Bye's;
let me disagree
There's an
unbelievable
strength
in your
beautiful
vulnerability.
Damn straight
that separation
is kind of hard
but thank you
for not
getting mad;

Cause we did
as Master
Hiroshi Sato
so soulfully
said
and I felt
„Hi" was
confused with
„Bye"
so that even though
I left to fly
We've entered our
worlds;
Just the first stop
on our ride!

Tell me

What is it you want?
Tell me what you want
now
from me?
What is it you want?
Tell me; do you want love
now
from me?
Why is it all of sudden
after all this time of not hearing
from you and something
maybe things would've been different
if way way back
your fuk ups didn't happen …
But they did
and that's that
n' this is this
but now is what?
Took me a while to realize
you won't never again
catch me by surprise
cause dude, you got your patterns
as predictable as the letters
of the ABC or the feathers
of a shiny peacockbaby
since I don't know
what it'd be meaning
only know that shiny things
always really seem intriguing
still I kinda have a bad feeling
about things that pop up
and shortly after;
soar through the ceiling …

Is there something I missed?
Cause I feel kinda pissed
that you say shit is random
since I do see intention in this

To be sure, you should tell me
finally what it is you want
just to bang it out?
it might even be fine with me …

Jenga

Sometimes
You need to break

Free

From whooo you are
In order
To find out
Whooo else
Your new

I
Can be

Tarot

Du legst die Karten
deines Lebens
nur nicht warten
halb vergebens
kannst du starten
ohne lang reden
um mit deiner Art
noch mehr zu erleben.
Auf dem Tisch liegen sie eben
doch einen Moment
unachtsam gewesen
eröffnen sich Vibrationen
zu einem richtigen Erdbeben
und lässt außer der Weisheiten
die Karten verewigen.
Also streif es ab
sei denn es hilft
oder streif es drüber,
wenn Vergangenes vergilbt.
Beim puzzeln ergibt
es vielleicht Sinn
ein Tarot-Trikot
will ich persönlich
nicht gewinnen
dafür bin ich nicht der Typ
ich will lieber meinen Scheiß
aus eigener Kraft bilden.

Ein Vorschlag

Würde sich jeder nur halb so
ernst
nehmen, wie sie die Probleme
unserer Zeit erachten, dann
hätten wir längst eine andere
Gesellschaft
geschaffen
Würde jeder nur doppelt so
viel
über sich selbst schmunzeln, wie
Mensch über andere lacht,
hätten wir längst erforscht die
Bedeutung
von Lachen
Würde jede seinen Nächsten
lieben wie sich selbst, dann
wäre uns in unserer Welt
mit Selbstliebemangel
noch lange nicht geholfen…
Würde jeder seine Nächste
lieben wie der ihm liebste Mensch
dann vielleicht, nur vielleicht
würden wir uns für Frieden
interessieren, statt für
keine Ahnung sagen wir mal
– Golfen

Literadingspreis

Irgendwann
Wenn ich groß bin,
dann
gewinn ich!

Irgendwie
Mach ich meine Form von
Poesie
Andren verständlich!

Irgendwas
– Hab' ich im Gefühl – wird
Wiederrum
An andrer Stelle verwehrt!

Irgendwo
mit Ruhm & Reichtum
Wird's
Schriftstück sowieso geehrt!

Und Irgendjemand
Die viel von allem weiß,
gibt ihn mir dann;
den Literadingspreis!

Beenden

Ist der Punkt, der fehlte.
Eine Angelegenheit, vor der
ich mich verschließen
wollte, noch immer will.
Es bedeutet,
einer Sache, einem Prozess
ein Resultat aufzuzwingen.
Festzustellen, ob etwas
funktioniert oder scheitert
oder in Vergessenheit gerät …
Beenden
bedeutet
anzuordnen und abzuschließen
und zurückzublicken;
Sich sagen zu können –
Es ist vollbracht;
Ich vollbrachte!

Doch lass dies
einfach wieder
ein Anfang sein.

Danksagung

Und? Völlegefühl im Kopf. Ganz als hättet ihr den besten rustikalen Apfelkuchen seit langem gegessen und die Freude strahlt einem aus allen vier Backen, doch gleichzeitig wundert man sich darüber, warum man überhaupt so Appetit auf dieses Dessert hatte. Hat es einen nun wirklich glücklich gemacht, gar erfüllt oder bloß ein paar Kalorien am Bauchspeck hinzugefügt, weil es gedankenlos verschlungen wurde. Was auch immer es ist: ich hoffe, es hat dir gut getan, dich inspiriert und motiviert an dich zu glauben und dich selbstlos zu lieben.

Trotzdem möchte ich den Platz hier nun nutzen, um meinen großen und zwar wirklich riesigen Dank auszusprechen. Auf Platz eins meiner Dankbarkeitstirade steht unangefochten meine Mutter. Danke dir, für deinen unendlich bedingungslosen Beistand in jeder erdenklichen Situation. Du bist wahrlich mein vitales und nährreiches Fundament, auf dem ich meine Träume säen und persönliche, aber auch berufliche Erfolge mit Freude ernten kann! Du zeigst mir noch immer, dass mit jedem Schicksalsschlag nur noch mehr Identität und Persönlichkeit zu meinem Leben hinzugefügt werden – deine Stärke macht mich stark und deine Liebe lehrte und lehrt mich noch immer so viel! Danke Muddah – für alles; aber ganz besonders dafür, dass du trotz deiner Krankheit die Kraft hast, die Welt für deine Kinder aus den Fugen zu heben, wenn nötig! Dann natürlich auch riesigen Dank an meine Schwester und Oma, weil ihr mich beide lachend und bröddernd mit der richtigen Prise an Lob und Kritikfähigkeit versorgen könnt! Welch eine Ehre mit euch aufgewachsen zu sein – vier Generationen starker Frauen in einem Haus! Danke!

Natürlich danke ich auch euch, meinen liebsten und engsten Freunden; ihr wisst schon, dass ihr gemeint seid ... Zu viele Namen, zu viele Sprachen. Danke, dass ihr immer dazu in der Lage seid, mir nach einem gestressten Tag andere, bessere oder witzigere Gedanken zu machen oder einen Joint mit mir zu rauchen. Ich bleibe der festen Überzeugung, dass ohne den Ausgleich, den ich mir mit euch schaffen kann, meine

Inspiration und Kreativität sterben würde. Und dass ich meine Ideen und Projekte ohne euch nicht umsetzen würde, weil ich dann nicht schon 1000 Mal darüber gesprochen und mir so Selbstsicherheit an geplaudert hätte. Danke euch, Peep's!

Das Ostblock Kulturhaus Bielefeld und die vielen Aktiven dort verdienen auch ein riesiges Danke. So vielen von euch habe ich es zu verdanken, dass ich in richtiger Atmosphäre die richtigen Leute kennen und liebgewinnen durfte. Ich danke euch inständig dafür, dass ihr mir die Möglichkeit gegeben habt, Räume zu schaffen, in denen ich mich selbst verwirklichen konnte – auch wenn diese Räume so heute schon nicht mehr existieren.

Mein größter Dank geht auch an die Corona Soforthilfe des Bundes und der NRW-Soforthilfe 2020, ohne deren finanzielle Förderung ich es wohl nicht geschafft hätte, meine Werke zu publizieren und zu bewerben. Und danke natürlich den Mitarbeitenden des Novum-Verlags!

Es gibt noch viele weitere Menschen und Institutionen, die einen großen Einfluss auf mich, meine Arbeit und mein Leben hatten – im Positiven, wie im Negativen –, und allein dafür einen großen Dank verdient hätten; doch an dieser Stelle muss es reichen.

Danke euch allen!

Danke allen erdenklichen Göttern, dem Universum und dem Leben – meinem Leben.

Danke dir/danke mir, Lena, dass du Dinge am Ende einfach durchziehst!

Die Autorin

Lena Whooo (Artist – Actress – Author) wurde 1994 in Bielefeld geboren. Nach dem Abitur in Bielefeld lebte sie ein Jahr (2013–2014) als AuPair in den USA (Connecticut). Von 2015 bis 2019 studierte sie an der Universität Bielefeld Literatur und Germanistik. 2021 schloss sie daran ein TV- & Cameraacting Stipendium am New York Conservatory of Dramatic Arts in New York City an.

Ihre ersten Gedichte hat sie bereits im Alter von 6 Jahren geschrieben. Seit dem Studium ist sie im Bereich der Kunst und Kultur tätig. Im Kulturhaus Bielefeld feierte sie als Initiatorin und Organisatorin von zwei groß angelegten Kulturprojekten ihre größten persönlichen Erfolge.

„Un-fulfilled", ihr erstes Buchprojekt – umgesetzt mit Fördermitteln der Corona-Soforthilfe des Bundes –, ist ihr großes schriftstellerisches Debüt. Im Zuge der Umsetzung dieses Projektes hat sie auch als Regisseurin und Produzentin für die audiovisuelle Umsetzung einiger Gedichte fungiert.

Der Verlag

> *Wer aufhört
> besser zu werden,
> hat aufgehört
> gut zu sein!*

Basierend auf diesem Motto ist es dem novum Verlag ein Anliegen, neue Manuskripte aufzuspüren, zu veröffentlichen und deren Autoren langfristig zu fördern. Mittlerweile gilt der 1997 gegründete und mehrfach prämierte Verlag als Spezialist für Neuautoren in Deutschland, Österreich und der Schweiz.

Für jedes neue Manuskript wird innerhalb weniger Wochen eine kostenfreie, unverbindliche Lektorats-Prüfung erstellt.

Weitere Informationen zum Verlag und seinen Büchern finden Sie im Internet unter:

www.novumverlag.com